いま読む『源氏物語』

角田光代　山本淳子
Kakuta Mitsuyo　Yamamoto Junko

河出新書
074

はじめに

角田光代

『源氏物語』の現代語訳はとにかくたいへんで、時間がかかり、作業のあいだ、そのほかのことは何もできなかった。自分の小説を書く余裕はまったくなく、それればかりか、紫式部とはいったいどういう人だったのか、どういう時代に生きた人だったのか、ということを、調べる——いや、知りたい、調べたいと思う気持ちの余裕すら、なかった。

そもそも私は、作家よりも、小説そのものに興味がある。ある作家の小説の、二、三が気に入れば、ほかのものも読みあさるけれど、作家自身について知ろうという気には、あまりならない。

現代語訳が出版されるタイミングのインタビューで、「紫式部はどんな人だったと思いますか」とよく訊かれた。どんな人だったか、知識があって頭の回転が速くて、プライドも高くて観察眼が鋭くて、それに見合った意地の悪さがあっただろうと、想像するまま答えたけれど、どうしてそんなことが気になるんだろうと、正直不思議だった。私にとっては作者と作品はあくまでもべつもので、『源氏物語』が千年読み継がれた理由も、作者にあるのではなくて作品にあるのだと思っていた。今もそう思っている。

二〇二〇年二月に、『源氏物語』の下巻が出版された。だから、これで二〇一五年からはじめた現代語訳も、それにまつわる仕事も、すべて終わった、と私は思った。

しかし、違ったのである。『源氏物語』を含む、池澤夏樹さんの個人編集による日本文学全集の古典新訳巻が文庫化することになり、またしてもゲラ刷り読みの日がはじまった。一度訳しているから、以前よりは時間的にも気持ち的にも余裕がある。それではじめて、紫式部ってだれ？　いったいなぜ、こんな長い物語を書いたの？　という問いが生じてきた。いちばん大きな問いは、なぜ光源氏が亡くなっても物語を終えなかったの？　というものである。訳しているときは、そんなことは考えもしなかった。

そんなことを考えていた二〇二三年十一月、奇跡的なタイミングで、『源氏物語』の研究者である山本淳子先生と対談をさせていただくことになった。じつは、『源氏物語』の現代語訳をはじめる前に、私は先生の『平安人《びと》の心で「源氏物語」を読む』を読んでいて、「なんておもしろいのか」と感動したのである。この本を読んでいなかったら、「『源氏物語』はおもしろいのかもしれない」と思わないまま、重苦しい気持ちで現代語訳をはじめていたはずだ。

あんなふうにおもしろく解説してくださった山本先生と、会える！　しかしながら先生とお話しするには私の知識は浅すぎる、と不安になって、先生のべつのご著書『源氏物語の時代』を読みはじめたのだが、これがもう、ものすごい吸引力で、私は取り憑かれたように読みやめられなくなり、どこにいくにも持ち歩いて読み、読みながら、幾度も嗚咽した。まだマスク必須の時期だったので、声を抑えれば泣いていてもそう目立たず、電車のなかや喫茶店では助かった。

この本の何がすごいって、歴史がたんに歴史ではなく、「感情を持った人たちが生きたある時期」として、生き生きと描かれていることである。一条天皇も定子も、道長も彰子も、清少納言《せいしょうなごん》も紫式部も、全員がたましいを持って生きている。千年昔の、広いお邸の、几帳《きちょう》の、御簾《みす》の奥にいる、顔もわからないだれかではなくて、与えられた身分のなかで、だれかを愛し、愛した人を亡くし、愛しながら権力を欲し、権力を得ておののき、それでも死に向かっていくしかない人たちの姿があった。そんなかぎられた生のなかで、人はそれぞれの理由で物語を必要とし、救われたり、心を解放させたりした——。

私ははじめて、生きている紫式部の断片に触れ、そしてもっともっと知りたくなった。歴史の苦手な私が、こんな気持ちになったのは正真正銘、生まれてはじめてのことである。二〇二四年、幸運にも山本先生に時間を作っていただき、『源氏物語』と紫式部について、その時代について、さらにお話を伺う機会を得た。『源氏物語』の解釈の変遷や、あらたな読みかたを示唆していただき、本当にたのしい時間だった。先生は、私がどんなにとんちんかんなことを言ってもけっして否定なさらず、そうかもしれませんとおだやかな笑みで言ってくださって、その寛大なお気遣いも、この時間をいっそうありがたいゆたかな時間にしてくれたのだと思う。

この本を手に取ってくださった方々と、その時間を少しでも共有できたらとてもうれしいです。

目次

第一章

『源氏物語』が今、語りかけてくるもの

『源氏物語』との出会い、訳すきっかけ

角田　昨日、初めて山本先生にお会いできました。嬉しかったです。

山本　私もずっとお会いしたかったので、本当に嬉しく存じました。

角田　山本先生と『源氏物語』の出会いを訊きましたら、非常におもしろいエピソードがあるということなので、ぜひそこからうかがいたいと思います。

山本　私は小学校五年生のときに、『源氏物語』を子ども用のダイジェスト版で初めて読んだんです。これはいけない物語だと思いました。その頃、ちょうど社会科の授業で日本史を習っていて、先生が何の気なしに「『源氏物語』を読んだことがある人はいますか？」というふうに訊かれたんですね。読んだことのある生徒は誰もいないだろうという前提のもとに先生は訊かれたのですけど、私は反射的に手をあげてしまいました。先生の目と私の目が合った瞬間、「これはいかんぞ」という雰囲気が流れました。けれども、先生は手をあげた私を無視するわけにもいかず、「どんなお話でしたか？」と質問されたんです。先生を困らせてはいけないと思った私は、とっさに無邪気を装って答えました。「光源氏という人がいて、たくさん奥さんがいるというお話です」。それが私と『源氏物語』との出会いでありました。

角田　そのときから『源氏物語』に興味をお持ちになったんですか？

山本　そうですね。その頃は図書館通いをして毎日一冊読むくらいの本の虫になっていたので、有名な『源氏物語』ってどんなお話なのかなと思って、子ども用の二百ページくらいのものをざっと読んだんですね。でもやっぱりわからなかったです、小学生の私には。

角田　古典として興味を持たれたのはいつくらいですか？

山本　高校生のときには授業で読みましたが『枕草子』の短い文章にあらわれているような清少納言《せいしょうなごん》のちゃきちゃきした人間像に比べて、『源氏物語』はべたっとして文章も長くて、ちょっと肌に合わないようなところがあったんです。加えて紫式部は神格化されていると言いますか、作家として大変な能力があって千年も読まれ続けてきたということで権威化していました。

　ですから、高校生の私はその年代がよく抱きがちな反発心をもって、紫式部を毛嫌いしていたところが多少ありました。けれども大学院に入って、『源氏物語』と紫式部について本格的に研究をすることになったんですね。そのとき私はもう三十三歳でした。ストレートで入学される方は、大学院には二十三歳くらいでお入りになりますが、私は十年間、地元の図書館や高校に勤めておりましたので。でもそうした大人になって問題意識を抱くようになったあとに『源氏物語』や紫式部の和歌を読むと、まったく違ったものがありました。それからのめり込んでいきました。

角田さんが現代語訳を始められたきっかけをうかがってもよろしいですか?

角田　実はですね、恥ずかしいことに、私は古典も『源氏物語』もまったく興味がなくてですね。池澤夏樹さんが個人編集される「日本文学全集」シリーズがあって、古典は『古事記』から始まって、名だたる名作を現代の作家に訳させるという企画なんですけれども、河出書房新社の編集の方が会いに来たとき、「こういうラインナップになっています」と作品と訳者の組み合わせがもう決めてあったんですね。自分の名前を見たら『源氏物語』と書いてあったので、どうしようかと内心慌ててしまいました。

でも私は池澤夏樹さんの大ファンなので断るという選択肢がなくて、まったく自信もないままに引き受けたんですね。それが二〇一三年だったんですけれども、そのときはまだ連載がいっぱいあって、すぐには取りかかれなかったんです。ただ、それまで私は『源氏物語』を終わりまで通して読んだことがなかったので、これを機にきちんと読もうと思いました。ところが非常に読みにくいんですよね。どうしようかと困ってしまって。そのときに最初に読んだのが山本先生の『平安人《びと》の心で「源氏物語」を読む』です。この本が本当におもしろくて、『源氏物語』ってこんなにおもしろいのか、これなら私も頑張れるかもしれないと思いました。そういうわけで、山本先生は最初に私の背中を押してくださった方です。

山本　ありがとうございます。そういうお助けができたのだったら、すごく嬉しいです。現代語訳はどういう方針でなされたのですか？

落ちこぼれ組でも読める訳に

角田　『源氏物語』の訳はもういっぱいあるじゃないですか。錚々たる作家の方々のいろんな訳がすでにあるので、私がやらなくてもいいじゃないかと思ったんですよね。でも、私がやらなくてもいいじゃないかということは、今までとは違う何かをやらなくてはいけないということ。そう考えたときに、立派な訳がいっぱいあるけれども、ガーッと読めるような格式が低い訳はないと思ったんですね。実際に私自身、『源氏物語』に何度もトライしては落ちこぼれてきた経験があるので、そういう落ちこぼれ組でもガーッと読めるような訳にしたいと思って、とにかくわかりやすさを目指しました。

本当はやってはいけないことだし、研究者の方々はお怒りになるんじゃないかと思うんですけど、私は敬語を全部抜いてしまったんです。『源氏物語』は敬語がとても重要な作品ですよね。

山本 そこなんです。私は本当に驚いて、今、学生にも一般の方にも角田さんの現代語訳をお薦めしています。角田さんの現代語訳、冒頭はこうですね。「いつの帝《みかど》の御時《おんとき》だったでしょうか——。」冒頭は「ですます調」の敬語表現ですが、このあとから変わります。

その昔、帝に深く愛されている女がいた。宮廷では身分の高い者からそうでもない者まで、幾人もの女たちがそれぞれに部屋を与えられ、帝に仕えていた。帝の深い寵愛《ちょうあい》を受けたこの女は、高い家柄の出身ではなく、自身の位も、女御《にょうご》より劣る更衣《こうい》であった。女に与えられた部屋は桐壺《きりつぼ》という。

（「桐壺」）

普通の小説のようにさくさくと読めて、作品世界のなかに入っていけます。普通の現代語訳だったら、「女御、更衣あまたさぶらひたまひける中に、いとやむごとなき際《きは》にはあらぬが、すぐれて時めきたまふありけり」を、「女御や更衣といったお妃様《きさき》がたくさんお仕え申していらっしゃったなかに、最高の家柄ではなくて帝の深いご寵愛を受けていらっしゃる方がいました」というふうに訳しますね。〈候ふ〉〈給ふ〉〈奉る〉などの語にしたがって、現代語まで〈いらっしゃる〉〈なさる〉〈さしあげる〉といった敬語のオンパレードになるので、読んでいてわけがわからなくなることが多いんです。でも角田さんの訳は、すっとわかる。ストーリーがいちばん入ってくる訳です。

角田　ありがとうございます。お叱りを受けなくてよかったです（笑）。

山本　いえいえ（笑）。私も現代語訳をしますが、自分なりの意訳で、そのままテストの解答欄に書いてしまう高校生や受験生がいたら困るので、「これはテストには書かないでください」という意味で、「大意」と呼ぶことにしています。

私は十年間、高校の教壇に立っていましたが、テストの解答欄に書けること、つまり文法に忠実なことを教えていると、あちこちで生徒が眠ってしまうんですね。「み・み・みる・みる・みれ・みよ（上一段活用）」なんて教えていると、スゥッと寝息が返ってくる。それよりも「紫式部はお餅を食べていたんですよ」という話をすると、生徒の目が輝くんです。ですから角田訳のようにストレートに「その昔、帝に深く愛されている女がいた」と言われると、みんなすいすいと読めるだろうなと思います。ありがとうございます、この現代語訳を書いてくださって。

角田　あたたかいお言葉をありがとうございます。

どのように成立していったか

角田　私は訳しながらすごく不思議に思ったことがあります。紫式部はこんなに長い物語、こんなに複雑に入り組んだ人間関係を、紙が豊富にあるわけではない時代に、どのようにして整理して書いたのか。たとえば第二十二帖《じょう》に出てくる玉鬘《たまかずら》が、実は第四帖で語られていたというようなことがよくあります。

山本　『源氏物語』がどのように成立していったかということは、本当にわからないんですね。いちばん極端なことを申しますと、紫式部の書いた原稿はもう伝わっていません。今残っている写本の文章は、紫式部が書いたものという保証はないんです。加えて、いつどういう順番で書いていったのかということも、彼女自身が証言していないのでわからない。でも客観的な証拠で言うと、一〇〇八年十一月一日の敦成《あつひら》親王誕生五十日のパーティーで、ある貴族が「このわたりに若紫《わかむらさき》やさぶらふ」と紫式部を呼んでいます。パーティー会場の入口から「このあたりに若紫さんはお控えかな」と、紫式部を探しているんですね。ですから一〇〇八年には「若紫」の帖が書かれていて、貴族にも読まれていたということは確実です。

紫式部がそのパーティー会場にいたのは、藤原道長《ふじわらのみちなが》にスカウトされてお后《きさき》の彰子《しょうし／あきこ》に侍女として仕えていたからです。紫式部が彰子に仕え始めたのが一〇〇五年十二月二十九日ということはわかっています。ですから一〇〇五年の年末までには『源氏物語』の習作を自宅で書いていたものと思います。

では、どこまで起筆を遡ることができるか。紫式部の夫が亡くなったのが一〇〇一年四月二十五日です。紫式部が詠んでいる和歌からみて、彼女は夫が亡くなって絶望し、人生というものを深く考えるようになりました。ですから一〇〇一年から一〇〇五年にかけての四年間で、彼女は現実から逃避して物語という虚構のなかに逃げ込みつつ、そこで自分の人生を検証するような執筆活動を始めて、その物語が口コミで広がったんだろうというふうに私は考えています。

苦しみのなかから「心」を発見した

角田　おもしろいですよね。山本先生のご著書に、『源氏物語』は「世」と「身」がキーワードであるとありました。「世」＝社会、「身」＝身体、どちらにも限りがあるということなんですけれども、紫式部は夫の死に立ち会って、その苦しみから「心」というものを発見した。

「心」は「世」にも「身」にも縛られないものであるという発見があったから、紫式部は創作に入ったのではないか。そう山本先生は書かれていましたよね。すごくスリリングで興味深かったです。

山本　紫式部には、『紫式部集』という和歌集があります。

めぐり逢ひて見しやそれともわかぬ間に雲がくれにし夜半《よは》の月かな

紫式部が娘時代に親友と交わした和歌です。当時の紫式部は元気な女の子でしたが、まもなくこの親友が亡くなってしまう。その後、紫式部は結婚したけれども、夫もたった三年で亡くなってしまう。そこから紫式部の人格が変わっていくのを和歌に読みとることができます。

夫の死後、「世」＝「社会」「時代」「世間」を見つめるようになった紫式部は、その「世」のなかで生きる私という「身」＝「身体」「身分」「身の上」に絶望する。ところが、その絶望の底で「心」というものを発見します。「心」はどんなに虐げられた身の上であってもいつのまにか慣れて笑ったりするものなのだ、どんな「身」にも順応するものなのだ、と紫式部は詠んでいます。ところが一方では、そうはいっても「心」は「身」に順《まつろ》うだけでもない、とも詠んでいます。「心」は煩悩や欲望を抱き始めて、「こんな身の上では嫌だ」と言い出したり自分を苛んだりするものだ、と考えを深めていきます。

世と身と心の図

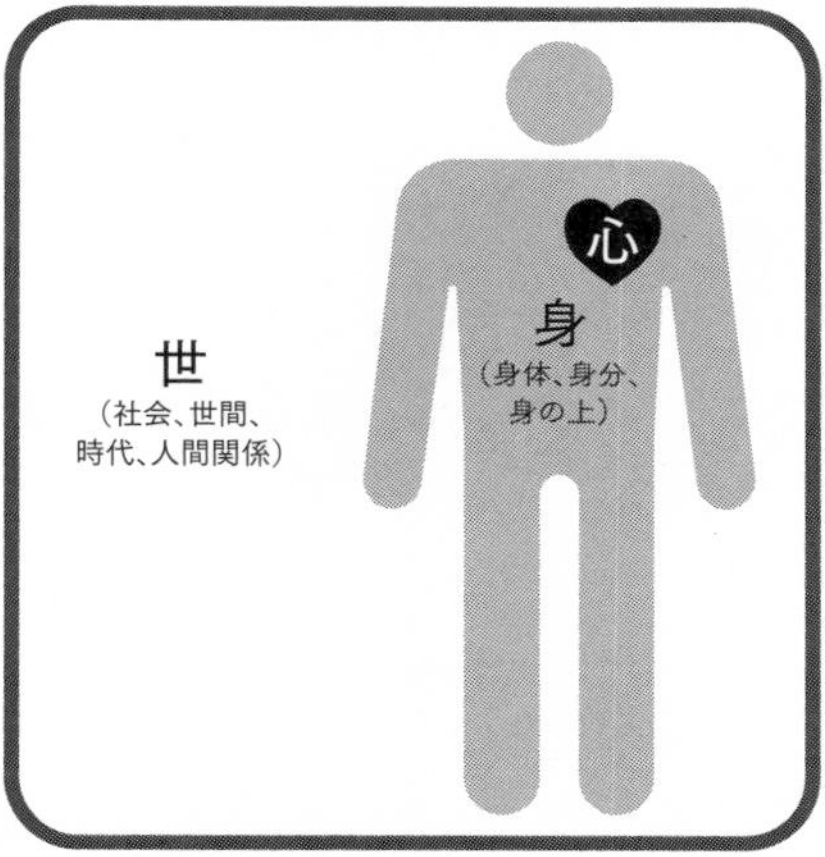

　そこまで深い人間洞察をし始めたときに紫式部は、子どもを抱えながら自分はこれからどうやって生きていこうかと思い悩み、苦しみから逃げるようにしてもうひとつの世界を想像して、そこに自分の「心」を全部投入していったのだと考えます。

訳の途中で空蟬の夢を見た

角田　実は私、訳を始めたときに夢を見ました。翻訳作業がこのままでは間に合わないというときに、ひとりで自主的に缶詰になって、一カ月ほど一日十六時間ずっと翻訳をするということを、五年のうちに数回やっていたんです。そのいちばん最初の缶詰のときに、空蟬《うつせみ》の夢を見ました。私が空蟬になったんじゃなくて、空蟬の気持ちの夢だったんですよね。「気持ちの夢」っておかしいかもしれませんが、でも夢のなかで「これから自分にどんなに素晴らしいことが起きても、私のこの身分じゃ何にもならないよ！」と思う夢でした。「何にもならないよ！」という気持ちで目覚めて、ああ、これか、と思ったんですよね。

身分って今もあるんでしょうけど、当時に比べたら私たちは意識することなく暮らしていけるので、非常にわかりづらい。でも夢のなかで、光君に想いをかけられても全然嬉しくない、想いに応えたとしてもいいことなんかひとつもないという気持ちになった。目覚めてすぐにメモをとりました。

山本先生のお話を聞いて、たぶん私は「世」と「身」を体感したんだと思いました。その体感があって『源氏物語』に入っていけた気がしたので、ちょっとほっとしました。

山本　研究者として本当に嬉しいです。たぶん角田さんは紫式部と同じ精神的経験をなさったのだと思います。紫式部が一度人生に絶望して、「私のこの身の上だったら、生きていても何の意味もないわ」と思ったことが『源氏物語』のなかに潜んでいて、そこから角田さんに乗り移った。

古代では、夢に何かがあらわれるというのは、夢を見ている人の精神状態じゃなくて、あらわれる人があらわれたくてあらわれていると解釈します。だから紫式部があらわれたくて角田さんの頭のなかに入ってきたということだと思いますよ。

角田　なんてありがたい解釈！

山本　「空蟬」は第三帖ですから、訳もまだ初期の段階ですね。きっと紫式部は角田さんに「あなたが訳して。あなたに『源氏物語』を託すわ」と言いにきたのでしょう。

角田　ありがとうございます。泣きそうです。

『源氏物語』とフェミニズム

山本　「新潮」二〇〇八年十月号が『源氏物語』特集で、現代の作家の方々に『源氏物語』の各巻を換骨奪胎で書いてもらうという企画をされているんですね（のちに単行本『ナイン・ストーリーズ・オブ・ゲンジ』／文庫『源氏物語九つの変奏』)。当時私はこのなかで、角田さんが担当された「若紫」を読んだときに戦慄を覚えたんです。原作とまったく違いますね。紫式部の「若紫」では、若紫(幼年の紫の上)ちゃんは泣いたり走ったり雀を飼っていたりして、いかにも子どもも子どもしている。やがて若紫は光源氏に引き取られて、その純真さで彼を救う。

ところが角田さんの書いた若紫は、自分で自分を光源氏に引き取らせる。主体性、能動性があるんです。南国の宿みたいなところに女の人がいっぱいいて、そこで幼い若紫が下働きをしている。苦界《くがい》に身を落とした、遊女の見習いなのでしょうか。そこに異国から光源氏という美しい青年がやってくると、若紫ちゃんは自分をアピールして連れ出してもらうんですね。若紫にはこんな狡猾なところがあって、それを力に自分の人生を切り開いたのかもしれない。そんなふうに感じさせます。創作者の方じゃないと作れない若紫像だと思いました。でも現代語訳をなさるときには、そうした創作者としての考えとは別に紫式部の「若紫」があるわけで、葛藤ややりにくさはなかったですか？

角田　そうですね。「新潮」のほうは原作をベースにした創作だったので、かなり勝手に書くことが許されていました。現代語訳のほうは、原文からあまり離れないでほしい、意訳しないでほしいというオファーだったので、物語に沿うようにと書きました。

ただこの数年、#MeToo などが盛んでしたよね。私たちの考えも非常に変わってきて、たぶん私のなかにも女性差別に対する意識が自然と入ってきました。ですから『源氏物語』を読んでいくとどうしても、紫式部という作者もまた、男女同権というような明確な考えはないにせよ、女性の自由についての意識があったんじゃないかと読めてしまうんですよね。

　この読み方はたぶん今だからできる読み方であって、五十年前、百年前に読まれたときは、まさか女性の視点から女性を解放するような物語だとは読まれなかったと思います。でも今の私が女性の視点から、『源氏物語』は女性を解放する物語だ、女性の不自由さを訴える物語だという思いで訳しても、物語が耐えてくれる、物語が私の思いに沿ってくれるんじゃないかと思いました。だからこそ、これまで『源氏物語』がどのように受け入れられてきたのかということを、山本先生にうかがいたかったんです。

彰子のために書き始められた物語

山本　『源氏物語』は当初、后である彰子のために書き始められました。天皇家や政界トップの人々など、貴族を中心に人気を得ていたのは先ほどお話ししたとおりです。また彰子は物語の豪華な本を作らせて、それを一条天皇と一緒に読むということもしています。これは『源氏物語』の新作でしょう。『源氏物語』は高い身分と教養を持った人々に愛好されました。

一〇二〇年頃になると、『更級日記』の作者の菅原孝標女《すがわらのたかすえのむすめ》は、義母や姉が『源氏物語』のストーリーを暗記していたと書き残しています。菅原孝標女は父の赴任先である上総《かずさ》（現在の千葉県）にいて物語に枯渇していましたが、そんな彼女に「こんな話があるのよ」と義母や姉が『源氏物語』を語って聞かせる。口伝えでストーリーが広まっているんですね。やがて菅原孝標女は父の転勤とともに京都に戻り、本物の『源氏物語』を手に入れます。するとたんに没入してしまって、その喜びを「后の位も何にかはせむ」（后の位も、この読書の喜びに比べたら何でもない）と書いています。『源氏物語』は、まだ十代の中流貴族の娘の心も鷲づかみにしたのです。

当時、文芸のなかでも物語というジャンルはランクの低いものでした。いちばん高いのは漢詩文。女性が参加できるものは上から、和歌、日記、エッセイなどの実録物。架空の話である物語は最低ランクだったのですね。でも最低ランクであるはずの『源氏物語』が、天皇や后も愛読する貴族文化の宝物として伝えられていく。あるいは菅原孝標女が、私は夕顔になりたい、やっぱり浮舟《うきふね》も素敵だ、と記しているように、読者が自分を重ねて親しむ。両方の熱狂的な読者によって千年の間、支えられてきたのだと思います。

角田　『源氏物語』は、読み手がいかようにも解釈できるところがあるように思います。

山本　そうですね。先ほどのフェミニズム的な観点に関連してお話ししますと、光源氏に引き取られて彼好みに育てられた若紫が、大人の「紫の上」として人生のほぼ最後のときになって、自分の心の内を長々と振り返る場面があります。やりたいこともできず、言いたいことも言えず、こんなふうに生きてきて、私の人生にどんな楽しいことがあったのだろうか、と紫の上は思うんですね。

これに対して、江戸時代後期、本居宣長《もとおりのりなが》が「これは紫の上の言葉だけれども、作者である紫式部の言葉なのだ」と注釈をつけているのです。江戸時代も男尊女卑が激しく、宣長はそうした社会のあり方に意識が働いていて、自分と同じ問題意識を『源氏物語』のなかに見つけたわけですね。

角田　おもしろいですね。

小説が書けなくなった

山本　角田さんは長い歳月を『源氏物語』の現代語訳に費やされたんですよね。何年おかけになったんですか?

角田　五年とちょっとだと思います。

山本　その間、ご自分の創作はなさっていたんですか?

角田　できなかったですね。書きたいなと最初の頃は思っていたんですけど、とてもそんな時間的余裕がなくて、五年間書かなかったです。

山本　現代語訳を終えられたあと、角田さんのなかで『源氏物語』の影響はおありになったでしょうか。

角田　恐ろしい告白をしますと、小説が書けなくなったんですよ。実は『源氏物語』現代語訳の依頼を受けた二〇一三年には、二〇二〇年から始まる新聞の連載小説のお仕事をすでに引き受けていたんです。新聞というのは先々まで予定が決まっているので、急に「書けなくなりました」とは言えません。ですから現代語訳が終わったら新聞連載をやらなきゃいけなくて、なんとか新聞連載を一年間やって『タラント』という本にもなったんですけど、書いている最中はもう苦しくて苦しくて……。そのあと、二〇二六年までいろいろな連載が決まっていたんですけど、書けませんということで白紙に戻してもらいました。

　どうして書けなくなったのかなと考えたときに、五年間書かなかったことによって小説の書き方を忘れたというのがひとつあるのですが、もうひとつ。『源氏物語』を訳すなかで、いい小説というものの基準が自分のなかで変わってしまった。小説観が変化したんです。小説のなかで文字で書かれた人間が生き生きと立ち上がって、生きてこちらに語りかけてくる小説じゃないと書きたくないと思うようになりました。絵画の見方や音楽の聴き方も変わってしまって、何百年、何千年前に作られたものであっても、生き生きと私に向かって立ち上がってくるものに心を動かされるようになりました。

　どうしてそう思うに至ったかというと、千年も昔に書かれた物語からみんなが切々と訴えてくる声を聞き続けた五年間だったからだと思います。私は書き下ろしができなくて、二十年以上、連載という形式で小説を書いてきましたが、そんなふうに、依頼され、締切を決められて書くのが嫌になってしまいました。だから正確には、書けなくなったのではなくて、書きたいものしか書きたくなくなったのだと思います。これからは自主的に書こうと思っているところです。

山本　今、すごく鳥肌が立ちました。

角田　大変なことですよね。

自分の書きたい小説しか書かない

山本　鳥肌が立ったのは、紫式部は初めて「自分の書きたい物語しか書かない」をした人だからです。物語は低いジャンルだと先ほど申し上げましたけれども、かつて物語はいわゆる女子どものために男性が書いたものでした。父である上級官人が下級官人たちに「うちの妻や子どもが暇そうにしているから、ちょっとおもしろいものを書いてやってくれないか」と依頼して、作者たちは自分の意志からではなく、時には嫌々書く。そのようにして書かれるのは、女子どもだからこの程度でよかろうみたいなファンタジーか、あるいは「結婚して、めでたしめでたし」なお定まりの物語でした。

私がいつも思い浮かべるのは少女漫画の歴史です。かつては手塚治虫や赤塚不二夫などが、たとえば「テクマクマヤコン」で女の子が変身するようなファンタジーが女の子の好みだろうと思ってお描きになっていた。けれども、いやいや、そうじゃないんだといって、女の子の心理を描く女性漫画家があらわれてから少女漫画はがらりと変わった。

同じように、千年前にがらりと物語シーンを変えたのが紫式部です。私のこの絶望の空洞を埋めたい、私のこの問題意識に応えないと物語じゃない、という紫式部の思いから『源氏物語』は生まれました。こういった歴史まるごと、紫式部によって角田さんに注入されたのではないかと思って、びっくりしました。

とはいえ、現代語訳以前も嫌々書いていらしたわけではなくて、自発的にお書きになっていたわけですよね？

角田　テーマは自分で見つけるんですけれど、私は締切がないと書かなくて、書き下ろしができなかったので、逆に連載じゃないとできなかったんです。だから小説というのは連載で書くものだと思い込んでいました。人に言われて書かされていたわけです。

山本　私が最初に読んだ角田さんの小説は『空中庭園』でした。登場人物それぞれの視点で書かれていて、秘密を持たない約束をしている家族が皆大きな秘密を抱えている。不穏な物語のような、コメディのような。こんな小説があるのかと感動しました。それからずっと読ませていただいていますが、どの小説のなかでも人物が立ち上がっていると思います。

角田　『空中庭園』は、実は私のなかで転換点なんです。それまでずっと純文学というジャンルを書いていたんですけど、ちょっと煮詰まって書けなくなったときがありました。

そんなとき、エンターテインメント系の雑誌の編集者が会いに来てくださって、「書き方を変えてみませんか」と。「今まではじっくり一文一文を書いていたと思いますけど、そうじゃなくて、ページをジャンジャンめくるような書き方をしてみませんか」と言うんです。それで「やってみます」と、すがる思いで書いたのが『空中庭園』でした。

山本　そうだったんですか。

角田　そこから私は書き方を変えて、わりとエンターテインメント性の強いものを書くようになりました。そういう目で見ていくと、『源氏物語』は非常に長いなかで話のタッチが変わるんですよね。最初は女性たちのエピソードがぽんぽんぽんと並ぶように出てくるんですけど、「玉鬘」になると突然、映画みたいなエンターテインメントになります。そこから「若菜《わかな》」は物語の集合体のような話になって、最後の「宇治十帖《うじじゅうじょう》」はいわゆる純文学系の物語のように終わる。この変化は何でしょうか？

自主的に書き始めた物語

山本　作者の知見と環境の変化でしょう。申しましたように、『源氏物語』は紫式部が自宅で自主的に書き始めたものに違いありません。やがて侍女として道長にスカウトされるのですが、その理由が、既に物語を書いていたということしか考えにくいからです。当時、紫式部の父親は財力がなく、紙もなかなか手に入りませんでした。ですから長編は書けない。紫式部が書いていたのは必然的に短編だったでしょう。また、紫式部には知見がなかった。古ぼけた自宅以外の家のことはよく知らず、内裏《だいり》のような豪邸の内部はわからないわけです。こうした状況で作った習作をもとにしていると思われるのが、今の長編『源氏物語』の冒頭に近い「帚木《ははきぎ》」「空蟬」「夕顔」の三帖です。これらは紫式部の家の周辺だろうと思われるところを舞台にしています。自分の馴染みの場所や中流下級の貴族階級が暮らすところなら書けたのでしょう。そこに光源氏が方違《かたたが》えで外泊する。階級の高くない女たちの目の前に王子様があらわれて、きらきらしたものを見せてくれるストーリーです。「帚木」の冒頭は、「光る源氏、名のみことことしう」（光源氏、名前はとても大袈裟だけれど）です。光源氏という主人公を紹介する序文ですね。その後、二人の女の話が並んだあと、「こんな話をしたら、ひた隠しにしている光源氏自身には悪いけれど、あえて書いちゃった。ごめんなさいね」というふうな後書きで「夕顔」を閉じています。この三帖は、序文と後書きの構造を取っている一まとまりのものなのです。

紫式部はまずこの長さの短編を書いたのでしょう。それもイケメンのヒーローが女たちの前にあらわれる物語ですから、自分の暗い気持ちを晴らしてくれるものでもあったでしょうね。

角田　なるほど。

山本　これを読んだ藤原道長に「長編を書いて」と依頼され、紙も筆も硯もふんだんにある環境を与えられ、そこで「桐壺」や「若紫」が書かれて光源氏の一代記へと広がり、主人公の人間像も深まったと私は考えています。光源氏は母の身分が低かったので、皇子として育てられるけれども皇族にはなれず、源という姓の一般人になる。そんな彼は曲折を経て政治的トップの座につく。政治劇が一段落した「玉鬘」以降は、中年の恋を描くエンターテインメントがしばらく続く。そのあと「藤裏葉《ふじのうらば》」で光源氏は自分の不義の子である冷泉帝から「准太上《じゅんだいじょう》天皇」の地位を与えられる。

けれども、続く「若菜」では光源氏の運命がほころびていく。彼が敗北者から成功者になると、人生が内側から蝕まれていくわけですね。「若菜」では、若い妻に密通をされて責めたり、自分の老いのせいだと苦しんだりする光源氏も描かれています。

角田　そうですね。

山本　このように『源氏物語』は、外側からの依頼によって長編化されるタイミングで、人間像の掘り下げが行なわれたり、あるいはエンターテインメント性を加えたりと、そのつどイノベーションされていきます。「引き出しが多い」という言い方がありますけれども、引き出しを増やすように、紫式部は自分を掘り下げて新しいものを生み出していったのだと思いますね。

現代を映す姫君たち

角田　妙に現代的な女性たちも出てくるじゃないですか。『源氏物語』を好きな方って「どのお姫様が好き？」というお話をよくするみたいで、私もよく訊かれるんですけど、私は特に好きなお姫様はいないんです。ただ妙に心に残る人というのが出てきて、それが鬚黒《ひげくろ》の北の方です。夫の鬚黒は玉鬘のところに行きたくて行きたくてしょうがない。鬚黒の北の方は伏したまま「雪も降っていますし、早くしないと夜が更けてしまいますよ」というふうに促すのだけれども、いざ夫が出かけようとすると立ち上がって香炉《こうろ》の灰をぶっかける。彼女は物《もの》の怪《け》に憑かれて心を病んでいるという設定ではあるけれども、非常に現代的ですよね。相手の携帯電話をぶっ壊すとか、そういう行為に通じるものがあると思います。

それから雲居雁《くもいのかり》のお話も。雲居雁と夕霧《ゆうぎり》は子どもの頃から惹かれあって、途中で雲居雁の父親によって引き裂かれながらも、長い月日をかけて恋を育んで結婚する。二人は一緒に暮らして、子どもがどんどん生まれて、するとお家がどんどん散らかって、子どもが泣くわ叫ぶわでうるさくなって。あんなに苦労して結婚したのに、夕霧は落葉《おちば》の宮《みや》という静かなお家に住むお姫様に惹かれて通い始める。すごく現代的なシーンだなと思います。

山本　本当にそうですね。夕霧は雲居雁の父親に認めてもらおうと、自力で努力して学問を修め出世まででした。その初恋物語は本当にいい話ですよね。ですから学生に講義をするときは、「夕霧くんが自力で恋の成功を勝ち取りました」で話を終えることにしています。十数年後の話はしません（笑）。

角田　（笑）。家が汚くてうるさくて、逃げ出すように浮気をするというのが、今でも身近な友達の話でありそうですよね。

山本　夕霧は落葉の宮に会って帰ってくると、その余韻で笛を吹きますね。すると雲居雁は、笛がうるさい！　子どもが目を覚まして泣いちゃったじゃない！　ああ、もう！　という感じで、おっぱいを出して子どもに吸わせる。平安貴族なのに下町の奥さんと言いますか、昭和の風景を見ているようです。現代的と感じられる人がどんどんあらわれて、そこにまるで現代という風景を見ることができるのが『源氏物語』ですね。……好きな登場人物は本当にいないんですか？

角田　はい。嫌いというのではないんですけど、私は小説を書くときに、わりと距離を置いて、誰にも肩入れしないんですね。かなり遠くから登場人物たちを見る書き方をしているせいかなと思います。

子どもができないという残酷な設定

山本　私は若紫が気になります。好きというよりも可哀相ですね。幼いときの若紫は、走ったり泣いたり、主体的な行動をして、とても素直に自己表現をしています。ところが光源氏に引き取られたあとは、すべて光源氏に合わせて生きました。

そもそもなぜ若紫は光源氏に引き取られたか。彼女は母親に死なれ、父親から育児放棄されて、祖母と暮らしていました。仮に父に引き取られても、父の本妻からも虐待されることが目に見えていた。光源氏に引き取られるしか行き場がなかったんですね。

ここで嫌われたらもうどうしようもないという恐怖のなかを、若紫は生きていたのだと思います。光源氏は「きみは僕の言うことをきいていればいいんだよ」というような、優しい暴力で若紫を導いた。若紫はそれを嫌だと思ったこともあるけれども、光源氏に合わせたのでしょう。光源氏は息子の夕霧にすら、若紫を決して会わせない。彼が若紫を好きになったら困るからです。それくらいきつく若紫を囲い込む。素直で快活だった女の子が束縛されて貞淑な妻にさせられるのが可哀相で、私は若紫に肩入れしてしまうんです。

もうひとつ。紫の上（若紫）が初めて光源氏と男女の関係になるとき、それをすごく嫌がります。「葵」の帖の場面です。ある朝、光源氏はベッドから早々と出てきたけれども、紫の上はずっとベッドのなかで泣いていた。そのあとも、今までこんな人を信じてきて私はなんて馬鹿だったんだろうか、とつくづく思う。男女の性関係に対する紫の上の抵抗感がはっきり書かれていて、ではこの苦しみや光源氏に対する嫌悪感にどうおさまりをつけたのかというと、その後は書かれていません。紫の上は、次の「賢木」でふたたび登場するときには貞淑な妻になっていますね。

角田　言われてみれば、本当にそのとおりですね。

山本　そのあたりで疑問をお感じになりませんでしたか？

角田　紫の上が光源氏を本当に嫌がるじゃないですか。父親のように慕ってきたのにこんなことをする人だったなんて、なんていやらしい人だろう、と。衝撃的でした。ここまで書いてある、これほど少女が衝撃を受けた、嫌悪感を抱いた、ということまで書いてあるということに、衝撃を受けました。

たしかにそれからどのように状況を受け入れていったのかは書かれていないですね。光源氏に合わせるしかない。さらに紫の上は子どもが産めないじゃないですか。それで明石《あかし》の女君《おんなぎみ》のお子さんを育てるという設定も、なんと残酷なと思います。

山本 そうですよね。子どもが大好きだけれども、自分には子どもがいない。光源氏が「実は明石の身分の低い女に子どもを産ませていたので、あなたが引き取ってくれないか」と言うと、紫の上は急に喜んでみせるんですよね。そしてその明石の姫君を三歳で引き取ると、紫の上は母乳の出ない自分の乳首を姫君の口に含ませた。そこまで生々しく描かれています。

以前、田辺聖子先生と対談をしたとき、田辺先生も血のつながらないお子さんをお育てになったということをエッセイに書いていらっしゃるので、母乳の出ない授乳の話をしました。すると田辺先生もその場面を心に刻んでおられたようで、「私はそんなのしたことないわよ。気持ち悪い」みたいに言われたんですね。

それを聞いて思いました。紫の上は自分がどれだけ頑張っているかを態度として光源氏に示したのかもしれません。それはそれで残酷ですね、そこまで紫の上にさせるということが。

角田　たしかにあの場面は妙に印象に残りますね。そういうことをさらりと書いてしまう紫式部はどんな人だったと思いますか？

彰子と紫式部の心の成長

山本　まさに純文学、自分の苦悩と向き合うかたちで『源氏物語』を書き始めた。心理学でいう箱庭みたいなものにキャラクターを入れて動かして、苛める。「こんな可哀想な目に遭って、どう生きるの？」と検証していたと思うんです。ある意味では、それを自分の救いや支えとしていたのだと思います。でも自分で作り出した物語が一人歩きをし始めて、どんどん書いてくれと言われたときには、やはりつらいこともあったと思うんですね。今度は読者をおもしろがらせないといけないというプレッシャーがあったでしょうから。

先ほどお話に出た「宇治十帖」は、おもしろくないと思って読むとおもしろくない。華やかなところがないんですよね。それまで書かれてきた宮廷文化の華やかさや栄耀栄華におもしろみを見出していた人は、「宇治十帖」で俄然興味を失うかもしれません。都から離れて、暗くて地味な宇治にいるみすぼらしい姫の物語だとか、あるいは貧困の物語というふうに感じる読者もいるでしょう。でも、ここがおもしろいのだと私は思います。まず心理小説のようなものを書くこと、しかもそれを長々と書くことを許した環境がすごい。また、それまでの華やかさから脱皮した紫式部の、小説家としての開眼もすごいものがあります。それらを許したのは、道長ではなく、娘の彰子だと私は思っています。

彰子は父の藤原道長の意志で十二歳のときに結婚させられてから十年間、子どもが生まれなかったことを重荷に思っていた人です。高い身分ではあるけれども、身の上には多大なプレッシャーがある。天皇との間に子どもを産まなくてはいけないけれども、天皇は最愛の先妻を喪った悲しみから、彰子にはそっぽを向いている。そんな状況のなかで父親は、子どもを産め産めと迫る。彰子はそういうつらい現実を生きてきた人ですから、女性としての苦労も知っていたでしょう。そんな彰子が、やがて紫式部を自分の心の友のようにしていく。紫式部が本当に書きたいことを「宇治十帖」で書くというなら、どれほど地味な物語でも、どうぞ書きなさいと彰子は言ってくれたのだろう。私はそのように想像しています。

角田　そこには彰子と紫式部、双方の心の成長があると考えていいんでしょうか？

山本　そうだろうと思います。道長は紫式部に環境を整えてくれた人ですけれども、紫式部のことを軽く見て「すきものと名にし立てれば見る人の折らで過ぐるはあらじとぞ思ふ」と詠んでいます。「お前は色好みだと知られている。だからお前に声をかけない男はおるまい」とからかっているんですね。

ここからわかるように、道長は『源氏物語』を光源氏のおもしろおかしい恋愛小説だと思っていて、だからそれを書いた紫式部も色好みだと決めつけているわけです。エンターテインメント系の読み方をしている道長と比べて、彰子は女性の心や人間の悲哀を発見し、見つめることができていたのだろうなと思います。

「宇治十帖」は解放の物語？

角田　これこそ #MeToo の読み方だとは思うんですけれども、「宇治十帖」は、どうやったら女性を解放できるかなというのを作者が繰り返し考えていたような気がしたんですよね。大君《おおいぎみ》は男性を拒んで、拒んで、拒んで、食事をとることさえ拒否して亡くなります。ある意味で、作者は男性に頼らない生き方を大君にさせたんです。でもきっと、それだけでは書き足りなかった。それで浮舟を出してきたのだという気がします。

浮舟って、捉えようによっては、自分の意志がなく、されるがままに弄《もてあそ》ばれて、二人の男性のうち一人を決められない女性というふうに書かれます。でも、ラスボスが登場したみたいに私は感じたんです。徹底的に男性に好きなようにさせるけれども、好きなようにさせながら、心は渡さない。結局誰のものにもならないというところで、浮舟の物語はふっと唐突に終わるじゃないですか。あの時代はそこで終わるしかなかったのかもしれません。

でも千年後の今なら、「もう走って逃げろ」と言いたくなります。そういうラストを私たちに委ねてくれたように思うことができてしまうんですよね。でも、これもたぶん、五十年たって、百年たって、今の #MeToo 運動みたいなものがなくなったときには、また別の読まれ方をするんじゃないかなと思います。

山本　角田さんが現代語訳を始めた頃に、自分の身の上では何があっても意味がないという夢を見られたというお話がありました。そのときは空蟬のことだと思っていたけれども、「宇治十帖」を翻訳されたあとには浮舟のことだと思ったと、『源氏物語　下』のあとがきに書いていらっしゃいますね。

姉の大君がほとんど自死するようなかたちで亡くなったあと、薫は妹の中《なか》の君《きみ》が大君に似ているということで彼女に言い寄る。それが迷惑でしかたない中の君は異母妹である浮舟の存在を告げる。あまりに唐突に、付け足しのように出てきた浮舟にびっくりしてしまうんですよね。

角田さんがあとがきで振り返られているとおり、浮舟はどこに主体性があるのかというくらい母の言うがままです。最初は母のお膳立てで左近《さこん》の少将《しょうしょう》との縁談が進むのですが、彼は浮舟が受領《ずりょう》である父と血がつながっていないと知ると、実の娘である妹のほうに乗りかえてしまう。さて、ここで浮舟は絶望するのかなと思ったら、全然しないですよね。母親から「薫さんからもプロポーズがきてるから、あの人の愛人になりましょうか」と言われると、私だったら「へえ?!」と仰天しますけれど、浮舟はほとんど自己主張なく母の言うとおりになるんですね。やがて浮舟は薫によって宇治に囲われ、しかし彼は囲っただけで安心してしまって、そのまま浮舟を数カ月間放置します。薫は上から目線でそっけなく、浮舟は孤独で、やがて匂宮《におうみや》に踏み込まれたとき、愛とはこれだと確信する。愛しているとはこんなふうに何回も何回も好きだと言ってもらうことだ、と初めて愛を知った気になって、匂宮に心が傾いてしまう。

でも一方で、生活の面倒を見てくれている薫を手放したくはない。匂宮との愛か、薫との生活か、それとも死か。角田さんも『源氏物語　下』の「訳者あとがき」に、「彼女には選択肢があり、選択する自由がある」と書いていらっしゃいます。確かに浮舟は選択肢を持っているんですね。紫式部は「宇治十帖」に至り、選択肢を持つ女主人公にとうとうたどり着いたかという感慨があります。

浮舟は入水自殺を試みますが果たせず、それを知った薫は「お前のことは許すから、よりを戻さないか」という手紙を送ります。浮舟はすでに出家の身ですが、出家を手伝った横川《よかわ》の僧都《そうず》から「薫様の煩悩を晴らすために出家をやめて還俗《げんぞく》したらどうか」と言われます。浮舟ははっきりとは答えず泣くばかりで薫を拒みました。薫がまた薫らしく「浮舟にまた別の男ができたのか」と勘違いするあたり、読者を苦笑させて、「宇治十帖」は終わりです。もし角田さんがこのあとをお書きになるとしたら、どうお書きになるでしょうか？

角田　浮舟を逃がしてあげたいですね。町で生きなよ、もう貴族じゃなくていいじゃないか、と思っちゃいます。

山本　そうか、貴族じゃないという生き方がありますね。

薄闇のなかをさまよう薫

角田　それでいいじゃないかと。私は薫という人が嫌で嫌で嫌で嫌で、とにかくこいつからは逃がしてあげたいと思ってしまうんです。

山本　薫という人も可哀想な人ですね。薫は生まれて五十日間親から抱いてもらえなかった。光源氏の子として生まれた薫ですが、光源氏は薫のことを妻の女三《おんなさん》の宮《みや》と間男の柏木《かしわぎ》とのあいだの子だと知っているので、薫を疎んでいました。でも五十日《いか》の祝いの日に、光源氏はさすがに人目を気にして薫を抱き上げる。そのとき光源氏は「お前の父親に似るなよ」という意味の漢詩をつぶやきます。この「父親」とは、柏木であり、光源氏でもあります。

柏木は女三の宮に恋をして、強引に密通までしたけれども、実は女三の宮からは嫌われていた。今で言えば柏木は不同意の性暴力の加害者です。「そんな愚かな恋はするなよ」と光源氏は言ったわけです。それだけではありません。光源氏は柏木に自分の過去の密通を重ねていて、「おれたちみたいな頑固で馬鹿な男になるなよ」と薫に伝えてもいるのです。

この漢詩のタイトルは「自嘲」と言います。光源氏は生まれてまもない薫に自嘲つまり自己否定の言葉をつぶやいた。〈恋する男〉は手本ではないと。このように薫は生まれたときから非・光源氏的な人生へと生き方を呪縛されていたのだと思います。だから「宇治十帖」で薫は薄闇のなかをさまよわざるをえないのです。

角田　山本先生の話を聞いていたら、ほんのちょっとだけ薫が可哀想になりました。しかも「お前の父親に似るなよ」の父親が、柏木だけでなく、自分自身（光源氏）をも意味すると今うかがって、ちょっと衝撃を受けました。

山本　薫は、

おぼつかな誰《たれ》に問はましいかにして初めも果ても知らぬわが身ぞ
（いぶかしいものだ。いったい誰に尋ねたらいいのか。どのようにして生まれ、どうなっていくのかもわからない我が身だ）

という歌を詠んだりもしていますね。人間というものはみんな愚かで、薫も匂宮も愚かしくて、浮舟も結局そうした人たちに翻弄されながらしか生きる道はない。では、大君のように死ぬしかないのか、中の君のように現実対応して自分のささやかな幸せを見つけていくのか、浮舟はこれからどこへいくのか。こういった問いかけで終わっているのが「宇治十帖」ということですね。

角田　もう一度じっくり読みなおしたくなりました。

山本　この問いへの答えはずっと謎のままでしたので、中世には後人によって『山路の露』という続編が書かれました。

角田　続きが書かれたんですか？

山本　ええ。ところが『山路の露』でも答えは出ず、何も解決しないで終わっています。ですから『源氏物語』はオープンクローズと言いますか、あれで完結していると思えばいいのかもしれません。角田さんは紫式部はどういう作家だったと思いますか？

角田　やっぱり観察眼が鋭くて、プライドが高いですよね。観察眼が鋭いということは意地悪だと思うんですね。他の人が見落とすこまかいところも見えてしまうし、気づいてしまう。でも意地悪なところがないと作家になるのはむずかしいですよね。ただ私は、紫式部についていろいろ誤解していました。現代語訳をやっているときは、訳に集中して、紫式部がどういう人でどういう経緯でどういうことを考えていたのかということをまったく考えなかったんです。

訳が終わったあとに山本先生の『源氏物語の時代――一条天皇と后たちのものがたり』（以下、『源氏物語の時代』）を読みましたら、背景がすごくわかりやすく書いてありました。それこそ清少納言との関係も書いてある。紫式部が清少納言を悪く言ったということだけが一人歩きして有名になっていて、私も単に紫式部は同業者として清少納言に嫉妬したのかなと思っていたんですが、実は違うんですね。そうした壮大な物語が『源氏物語の時代』に書かれていて、なるほどと思うことがいっぱいありました。

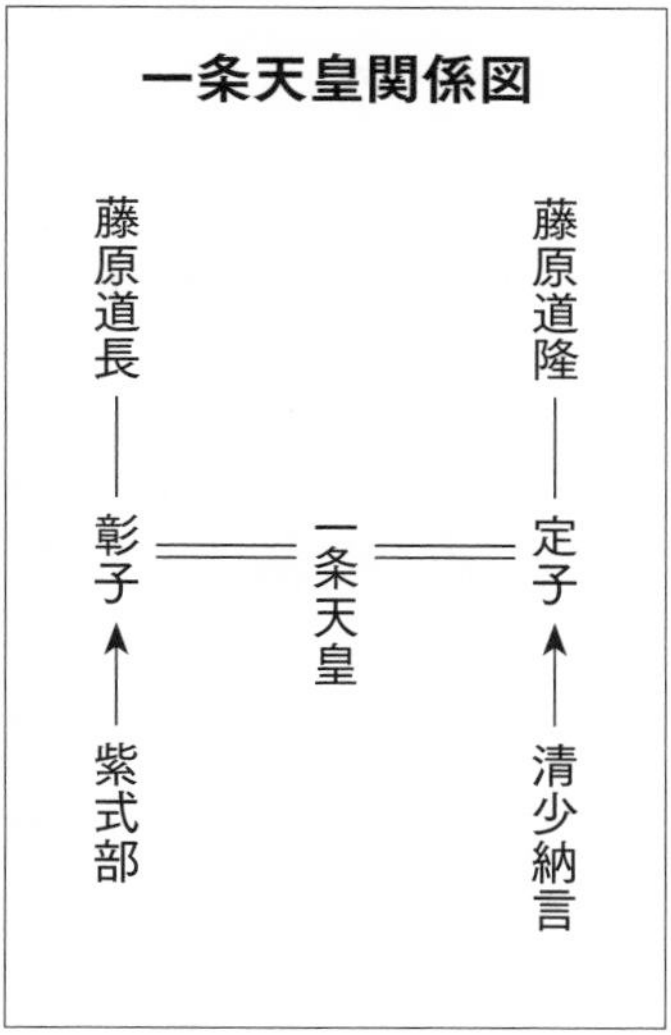

二〇二四年のＮＨＫ大河ドラマは紫式部が主人公じゃないですか。私は大河ドラマを見たことがないのですけれども、『源氏物語の時代』を読んだら見たくなって、一条天皇や道長を誰が演じるのかを調べたんですよね。それくらいおもしろかったです。

山本　この時代を描くには、まず一条天皇からでしょうね（上図）。一条天皇は七歳のときに天皇になって傀儡《くぐつ》のように扱われます。十一歳のとき、三歳年上の定子《ていし／さだこ》と出会う。たがいに政略結婚の相手として出会ったのですが、二人は恋に落ちる。この時代ならではの純愛物語があるんですよね。定子は『枕草子』に登場する后で、華やかで明るくて知的で理想的な女性でした。けれども実家の没落によって期せずして出家し、悲劇の后となりました。本当に物語のようです。

角田　本当に「小説より奇なり」のものすごい話でした。

一条天皇＝桐壺？

山本　一条天皇は没落した定子と復縁して、自分ひとりが盾となって定子を社会の逆風から守っていく。やがて皇子も生まれる。しかし定子は若くして亡くなる。これはまるで『源氏物語』の桐壺じゃないかと思ったところから、私は『源氏物語の時代』を書き始めました。一条天皇が二十歳のときに彰子が十二歳で輿入《こしい》れし、定子はその一年後に亡くなります。彰子は権力者の娘ということもあって嫌われ役になりがちなんですよね。でも先ほど申し上げたように、彰子には彰子の女性としての苦しみがありました。やがて彰子のもとに仕え、彼女の悩みをいちばん近くで理解していたのが紫式部であり、二人の間には通じ合うものがありました。

ですから紫式部としては、定子が死んで何年もたつというのに、いつまでも定子が美しく書かれている『枕草子』が目障りだったのでしょう。彰子に向かって「『枕草子』に書いてあることなんて嘘です。気にすることなどありません」と言いたい気持ちがまさって悪口を書いてしまったのだと思います。

角田　一条天皇は定子が好きなあまり、定子が亡くなったあと、その妹の御匣殿《みくしげどの》に手を出してしまいます。『源氏物語』にも身代わりの物語がけっこう多いですよね。藤壺の身代わりとして紫の上がいたり、大君の身代わりとして浮舟がいたり。でもまさに実話として、御匣殿は身代わりの女性なんですよね。

御匣殿は定子が産んだ皇子を養っていたのだけれども、一条天皇との関係を知った道長が大慌てでその子を取り上げて、彰子のほうに育てさせる。本当に物語のようだと感じます。

山本　身代わりなんて、自我や個人というものが考えられるようになった近代以降の私たちとしてはありえないという思いがします。けれども、この時代は実際に、人が亡くなった喪失感から、身代わりの人を愛することでなんとか気持ちを慰めようとすることがあったんですね。

角田　定子と清少納言、彰子と紫式部。それぞれ二人の間にあった心の交流がまさにシスターフッドの物語で、私は『源氏物語の時代』を号泣しながら読みました。

山本　私も泣きながら書きました。清少納言は定子を励ますために「春はあけぼのです！」と美しく楽しい内容の『枕草子』を書き、紫式部は彰子のために感情的になって「『枕草子』なんてダメですよ！」と日記に書く。清少納言や紫式部は「女房」つまり召使いで、当時の社会において身分が低いわけですが、その女房が后を一体となって支えている。まさにシスターフッドの物語で、読んでいると応援したくなるんですよね。

角田　漢文の好きな一条天皇にちょっとでも近づきたいという秘めた想いから、彰子は漢文を教えてほしいと紫式部に頼んだ。そのことについても『源氏物語の時代』に書かれていて、私は涙なくして読めませんでした。

山本　ありがとうございます。

実はこの時、彰子の漢文の学びについての論文と『源氏物語の時代』を並行して書いていました。そして『源氏物語の時代』の方を書いている時に、突然気がついたのです。紫式部は漢文を教えるにあたって、彰子のほのかな想いを汲み取り、一条天皇が好みそうなテキストをそれとなく選んでいたのではないか。これを思いついたときは知恵熱が出ました。予定されていた飲み会を断って、熱に浮かされるように、書き進めていた論文を全面的に改めました。論文では、漢文だけに焦点をあてて考察していました。が、『源氏物語の時代』では、人々の心をも含めた時代の全体像を扱ったので、違う見方ができたのだと思います。

アメリカで人気がない？『源氏物語』

山本　#MeTooのお話から思い出したことがあります。二〇一七年十一月に、私はハーバード大学で『源氏物語』のワークショップをしました。聴講されたのは主に日本やアジアの研究をしている大学教授や大学院生で、ゴードン先生という方から質問されました。「最近、大学の講義で『源氏物語』は人気がありません。幼児性愛や性暴力への拒否感がアメリカでは強いので、光源氏は嫌われていますし、『源氏物語』は扱いにくくなっています」

角田　たしかにそうですよね。……でもね、とは思います。私は「ナイン・ストーリーズ」で「若紫」を換骨奪胎して書いたときは、やっぱり反発心があったんです。子どもをさらって自分好みに育てるという男性性への拒否感から、男性優位に見せかけておいて、実は女性のほうが優位に立っているという物語を書きました。

だけど『源氏物語』を訳しながら読んでいくと、そう単純なことではないんじゃないかと思うようになりました。自由に生きられない女性、男性に拠って立つしか生きられない女性たちを描くことによって、女性たちの苦悩を訴えかけるように思えたんです。拒否感があるのはわかるけれども、男性優位を肯定している物語ではないという気がどうしてもしてしまいます。

山本 私もそう思います。実際のところ、『源氏物語』が書かれた平安時代においても律令制という法律はあって、子どもをさらって自分の家族や奴隷にすることは有罪でした。つまり光源氏は違法なことをしている。自ら違法とわかって若紫をさらっているわけです。また当時の読者も、光源氏の非道さをわかっています。光源氏が若紫を虐待から救済したのだと信じきっているわけではなく、甘いところも苦いところもわかって読んでいたのです。当然ながら、紫式部はそれを狙って書いているのでしょう。『源氏物語』は、ぬるま湯的な物語ではありません。コンプライアンスを最重視した、嫌な男も性暴力も出てこない、甘いお菓子みたいにこしらえられた物語ばかりでいいはずがない。私はそう思います。

現代にも通じる生きることの苦しさ

角田　そうですね。たしかに時代は変わりました。女性たちは誰に頼らなくても自分で働いて生きていくことができます。身分の差もそれほどありません。この男は嫌だ、あの男も嫌だと思ったら、死ぬでも出家するでもなく、もっといろいろな道があります。

そういう時代になったからと言って、山本先生が『源氏物語』のテーマであると指摘された「世＝社会」「身＝身体」から逃げおおせたのかというと、そうじゃないと思うんですよね。この世に生まれて生きることにはやっぱり不自由な苦しみがついてまわる。『源氏物語』という大きな物語が訴えかけてくるのはそのことです。それは女性だから男性だからということではない。だからこそ姫君たちに対して、「男性に頼るしかない大昔の社会だったから、あなたは苦しかったのね」というふうにはならない。今の私たちの苦しみとつながるところがあるように思います。

山本　女性だけでなく男性も、「世」や「身」に縛られていますよね。光源氏は身分社会という「世」のために母を亡くした子という「身」を背負っています。その心の空洞が埋まらなくて、いつまでも自分の身の上に馴染んでくれない「心」に翻弄されて、過激な恋を繰り返します。薫もそうです。時代や境遇、価値観が変わっても、現実というものが目の前に立ちはだかっていることは、誰もがみなそうなんですよね。

角田　ぜひアメリカでも読んでほしいですよね。

山本　はい。ゴードン先生の質問にはこう答えました。「光源氏は光り輝くパーフェクトな人物に見えるので〈光君（ピカピカくん）〉という渾名《あだな》がついています。けれども実際には、幼くして母に死なれ、いちばん好きな女性とも結ばれず、天皇にもなれず、いつも心は暗闇。ですから、〈光源氏。名前は光、心は闇〉この合言葉をハーバードで流行らせてください」。私はギャグのつもりで言ったのですけれども、うまく伝わったかどうか（笑）。今日の角田さんのお話とつながった気がします。すごく嬉しいです。

角田　こちらこそ、今日はありがとうございました。

（「KYOTO BOOK SUMMIT」二〇二三年十一月九日）

第二章

『源氏物語』の書かれた時代

花山天皇から一条天皇へ――帝と后の純愛

角田　NHK大河ドラマ「光る君へ」の放映が始まって、私は第一話から見ています。見ているうちに、「みなさん！『源氏物語』を読んでいる場合じゃないですよ！ 山本淳子先生が書かれた『道長ものがたり――「我が世の望月」とは何だったのか――』（以下、『道長ものがたり』）を読みましょう！」と叫びそうになりました（笑）。「光る君へ」では、紫式部が『源氏物語』を書くまでが描かれるそうですね。紫式部やまわりの人間関係がわかったほうが、ドラマがぐっとおもしろくなるはずです。

山本　次の大河ドラマの主人公が紫式部だと知ったとき、古典文学の研究者たちは色めき立ちました。紫式部と藤原道長《ふじわらのみちなが》との関係はさることながら、きっと劇中劇として『源氏物語』も描かれるはずだから、「あの俳優が光源氏を演じるといい」「紫の上はあの女優がいい」と、それぞれ思い思いの配役を出し合いました。でも蓋を開けたら、『源氏物語』は描かれないのですね。盛大に予想を外してしまいました（笑）。

角田　研究者の方々に、「光る君へ」はどんなふうに受け止められていますか？

山本　第一話から、紫式部の母親が藤原道兼《みちかね》に殺されるという衝撃的な場面がありましたね。史実にはない出来事が組み込まれる作劇は、専門家が思わず指摘したくなるところかもしれません。とはいえドラマは独自の作品なので、「紫式部の伝記ではなく、平安時代のラブロマンスとして、毎回目が離せない」「人間を描いていくドラマが素晴らしい」と、研究者のなかでは概《おおむ》ね好評です。

角田　現代的な台詞回しも反感はなかったですか？

山本　私はあまり違和感を覚えませんでした。ＮＨＫのウェブサイト「ステラｎｅｔ」で、毎回、ドラマの内容の解説やエッセイ（「山本淳子の平安ドラマチック」）を書くことになって、けっこう先まで見せていただいていますが、ますます紫式部というキャラクターが際立ってきていて、目が離せないと思っています。

角田　もともと私は、藤原道兼とか藤原公任《きんとう》とか、平安時代の人たちの名前を覚えるのが難しかったんですが、『道長ものがたり』を読んでから、一人一人の個性がわかって、誰が誰を演じるのかという興味も湧いてきました。

　道長は、「光る君へ」のはじめの頃はとてもピュアな青年として描かれていましたね。これまでの研究で解明されているとおりの、怯《おび》えながらも激しく権力を求めるキャラクターとして描かれるのか、それとも、これまでにはない斬新な道長のキャラクターが作られるのか、私も目が離せません。花山《かざん》天皇、一条天皇も、誰が演じるのだろうと気になっていました。

山本　『源氏物語』を語るうえで、欠かせない二人の天皇ですね（次頁の系図）。

アナーキーな花山天皇

角田　私は山本先生の『道長ものがたり』と『源氏物語の時代』を読んで花山天皇を知ったのですが、驚きました。こんなアナーキーな天皇がいたんですね。

山本　「アナーキー」という言葉がぴったりです。私はまったくこの言葉を思いつきませんでしたが、まさにアナーキーですね。

　花山天皇はあの時代には珍しく、破壊的なほど一途《いちず》な愛に生きる天皇でした。彼は藤原為光《ためみつ》の娘・忯子《しし／よしこ》という女を愛したのですが、愛が強すぎるあまりに、忯子の死期を早めてしまった。当時、妊婦はケガレた身であるとされていました。ですから妊娠すると内裏を出て里帰りするのが通常でしたが、忯子が妊娠して重い悪阻《つわり》に苦しんでも、花山は自分のもとから離そうとしなかった。

　里帰りが許された頃には忯子はすっかり衰弱しきって、果物すら喉を通らない。それでも花山は忯子が恋しくて、無理を押して忯子をまた参内させる。『栄花《えいが》物語』によると、二人は七、八日に渡って離れることなく寝所で過ごし、衰弱しきった忯子を花山は泣きつ笑いつ愛撫し続けたと言います。ふたたび許されて里帰りしてまもなく、忯子は死んでしまいました。

角田　『源氏物語の時代』を読みながら、花山の忯子への愛の激しさにはぞっとするものがありました。

山本　忯子が死に、花山は失意の底に沈みます。これを利用するかたちで、右大臣藤原兼家とその子の道兼たちは政治的な謀略をめぐらせる。花山を仏道にのめりこませて出家させ、東宮の一条を天皇に押し上げようとするんですね。花山は忯子の供養ができるならと、道兼の言うままに京都東山の元慶寺《がんぎょうじ》に連れ出されて、出家します。そして同じ夜に、一条が七歳で天皇の位を受け継ぎました。

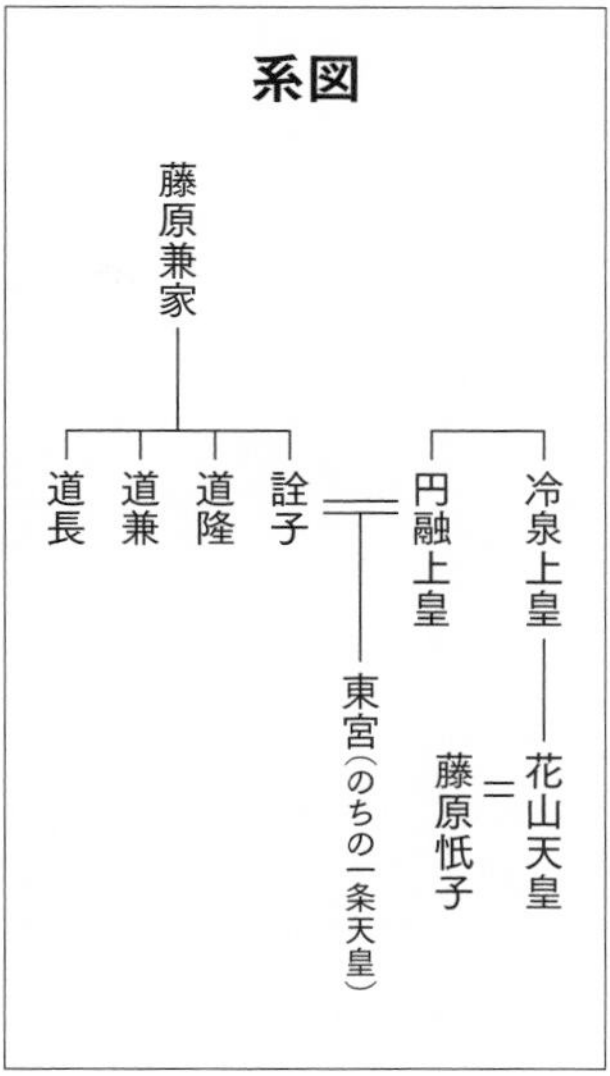

まもなく道兼たちの謀略だと気づいた花山は「謀ったな！」と言いますが、だからといって誰に訴えるでもありません。そこからの花山はまるでアーティストです。

角田　アーティスト、ですか？

山本　花山は全国行脚《あんぎゃ》に出ます。最初に訪れたのが書寫山圓教寺《しょしゃざんえんぎょうじ》（現・兵庫県姫路市）です。ちなみにトム・クルーズの「ラスト　サムライ」のロケ地としても有名です。この圓教寺を皮切りに、比叡山《ひえいざん》に登ったり熊野詣をしたり、いろいろな仏道の聖地を旅します。あまりに旅ざんまいなので、一条天皇が「これでは経費がかかってしかたない。あまり旅に出るのはやめてください」と頼んだほどでした（笑）。

驚くのは、花山は殊勝に仏道修行をしていると思いきや、都に戻ると今度は女性ざんまいです。花山は子どもが何人もいるのですが、全員が出家してからの子どもです。

角田　なんと、一途な天皇というイメージから急にかけ離れましたね（笑）。

山本　「光る君へ」でも、ある母親と娘の両方を花山が恋人にしたエピソードが描かれましたが、それも出家して都に帰ってからの出来事です。

角田　そこまでとは知りませんでした。とんでもなくアナーキーですね。

私は『源氏物語』の現代語訳にとりかかるとき、時代背景を特に学ぶことなく始めてしまったんです。『源氏物語』は冒頭から、「帝《みかど》に深く愛されている女」の桐壺更衣《きりつぼのこうい》がいます。けれども桐壺帝と桐壺更衣の関係は、「上達部《かんだちめ》や殿上人《てんじょうびと》といった朝廷の高官たちは、度の過ぎた帝の執着に眉をひそめ、楊貴妃《ようきひ》の例まで出して、唐土《もろこし》でもこんなことから世の中が乱れ、たいへんな事態になったと言い合っている」（「桐壺」）と語られる。

私は『源氏物語の時代』を読んだときに、桐壺帝と桐壺更衣には、一条天皇と定子《ていし／さだこ》の一大悲劇が重ねられた可能性もあると初めて気づいて、大きなピースがガチンッと音を立ててはまった気がしました。帝が深く愛してしまったがゆえに厄介事が起きるという悲劇です。おそらく一条天皇と定子だけでなく、花山天皇と忯子の悲劇のことも、紫式部は伝え聞いていますよね。

山本　ええ。紫式部は父が花山天皇の蔵人《くろうど》（側近。秘書的な役割を務める）だったので、そちらの方向から花山の悪評を聞いていたと思います。ただ花山の人となりを詳しく知っていくのは自分が出仕してから、道長や彰子《しょうし／あきこ》を通してだったのではないでしょうか。

実在の人物をモデルにした

角田　紫式部はまったくの想像から物語を書いたのではなくて、帝や后《きさき》たちの境遇を身近に見ていたから『源氏物語』を書けた。山本先生の本を通してはっきりわかりました。

山本　一条天皇の時代に、定子と彰子という二人の后がいた。一条が天皇だった二十五年間の、元服後の十年が定子との時代で、定子が亡くなってからの十一年が彰子との時代。そして周囲には、紫式部、道長、清少納言《せいしょうなごん》など、多くの人たちがいました。その群像の物語を書いたのが『源氏物語の時代』です。

『源氏物語』に実在の人物をモデルにした登場人物が出てくるのは、すでに平安時代から指摘されてきたことではありました。ただ、桐壺帝と桐壺更衣に一条天皇と定子が重ねられているという説は、一九九〇年代まで研究者の間でも出てきたことがなかったんです。まさか時の今上《きんじょう》天皇をモデルにするはずがないという先入観が強かったのか。一九九〇年頃に「桐壺更衣の説明として、物語では楊貴妃が引き合いに出されているけれども、楊貴妃と玄宗《げんそう》皇帝に似た実例は『源氏物語』の時代にもいた」ということが、初めて指摘されました。

角田　一九九〇年頃に、新しい説が出てくるような何が起きたんでしょうか？

山本　東西冷戦の終結と、昭和から平成に元号が変わったのも、一九八九年でしたね。

それまでは、歴史学の中心は権力構造や経済構造から歴史を捉えるという手法でした。

そこでは、平安時代とは、奈良時代に確立された律令制が腐敗していく過程にすぎず、軽視されていました。

けれども冷戦構造の崩壊とともに、もっと多様な視点から、たとえば人々の暮らしを読み取ろうというふうに、歴史学が変わっていきました。そうした変化のなかで、平安時代に着目する研究者も増えました。「光る君へ」の歴史考証を務めている倉本一宏先生をはじめ、歴史学者や古記録学の方々が、史料を深く読み込み、それをみんなにも読みやすいようにしてデータ化までしてくださった。

角田　歴史学や国文学の研究が、新しく進むように、と。

山本　はい。博士号を取得した女性研究者が増えて、一九九〇年頃には、文学と歴史の垣根を越えて人の生き方を見つめる女性研究者もどんどんあらわれました。定子＝桐壺更衣説は、そうした動向を土壌にして培われたと思います。

今は、この「女性」「男性」という言葉に、「いわゆる」という意味でカギカッコを付けて、ジェンダーで括らないように気をつけるのですが、昭和期まではジェンダー別の読み方の違いが、たしかにありました。そこに変化が生じてきたんですね。

角田　なるほど。女性の研究者たちによって提示された「桐壺帝と桐壺更衣に、一条天皇と定子が重ねられているとも考えられる」というのは、今は定説になっているんですか?

山本　いえ、まだまだ新説だと思います。国文学研究のなかでも古典の研究はとてもゆっくり進みます。ですから定説になるには五十年くらいかかりそうで、私の生きている間に定説になっているかどうか（笑）。ただ「否定しがたい説」として議論されているとは思います。

「歴史」から「物語」へ

角田　私にとって『源氏物語の時代』がなぜおもしろいかというと、人が生きて動いているからです。人が存在をともなって見えるんですね。

ずっと私は歴史が苦手でした。たぶん歴史の教科書が、「こういう出来事がありました」という文章の連続だから取っ付きにくかったんです。

でも『源氏物語の時代』のように、「こんな人がいて、この人にはこんな思いがあって、こんなことをしました」というふうに教わると理解しやすいです。出来事の背景にはいつも人の思いがある、と私はこの本ではじめて知った気がしました。

たとえば「それまで一つだった后の最高位の座が、一条天皇の代に初めて二つになりました」だと、私にはわかりにくい。「一条天皇の代に、娘の彰子を中宮にしたかった道長は、現中宮の定子には便宜的に皇后という座を与え、彰子に中宮の座を与えるという策に出ました」というふうに教わると、「道長って強引なんだな」という感想とともに、人間が動いている感触から理解していけるんです。

山本 ありがとうございます。

角田 『源氏物語の時代』を振り返っても、当時、激しい騒動や、政治的な画策、心理戦などを間近に見ていた紫式部が、それらの影響を受けずに『源氏物語』を書けるはずがないと思いました。

山本 そうですね。人が一人一人いて、一人一人に思いがあり、一人一人の事情があり、一人一人が動いている。それが歴史を作っているのだと私は思っています。けれども歴史学の見地から見ると、それは歴史ではないようです。歴史学は、社会の権力構造とその変化によって時代を捉えていく。全体像を上から見ているわけですね。そこで蠢《うごめ》いている人は蟻《あり》のように小さく、群れでしか捉えられません。では、蟻のような人が一人一人、もがいたり苦しんだりすることに着目するのは何か。それが物語だと私は思っています。

ですから拙著のタイトルは『道長ものがたり』であり、『源氏物語の時代――一条天皇と后たちのものがたり』なんです。これは歴史ではなくて、一人一人の物語です、というメッセージです。角田さんに伝わっていたことを嬉しく思います。

角田 今驚いているのですが、『源氏物語』のなかで、光源氏が物語理論みたいなものを口にする場面がありますよね。

山本 「蛍《ほたる》」帖《じょう》ですね。

玉鬘《たまかずら》が物語を読んでいたら、「物語なんて嘘じゃないか」と光源氏がからかう。それに機嫌を損ねた玉鬘が「私には本当のことみたいに思えますわ」と返す。すると光源氏が、「神代《かみよ》より世にあることを記《しる》しおきけるななり。日本紀《にほんぎ》などはただかたそばぞかし。これらにこそ道々《みちみち》しくくはしきことはあらめ」(物語とは、神代の昔から、世に起きたできごとを記しおいたものだということですね。それに比べたら『日本書紀』などの歴史書は、ただ一面を記しただけですね。物語にこそ正道の詳細が見えるのでしょう)と言う。

事実を表面的にしか描かない歴史書よりも、物語のほうが事実に立脚してその詳細を書いているのだ、と言っていますね。

角田 山本先生の今のお話はまさに「これらにこそ、みちみちしく、くはしきこと」がある、ということだと感じます。高校時代、山本先生から教わりたかったです。物語として教わっていたら、私はもっと歴史を勉強しただろうに……。悔やまれます（笑）。

山本　今からでも遅くないですよ。これから歴史小説をお書きになりませんか？

角田　いえいえ、私には無理です（笑）。

紫式部の変化と成長

角田　平安時代は戦乱がなかったとか、『源氏物語』には戦いが出てこないとか、ずっと聞かされてきました。

「紅葉賀《もみじのが》」帖に、光源氏が源典侍《げんのないしのすけ》と密会しているところに、頭中将《とうのちゅうじょう》が踏み込んで太刀《たち》を抜くという場面があります。武器めいたものが出てくるのはそこくらいです。でも山本先生の『源氏物語の時代』や『道長ものがたり』などを読むと、戦乱ではないにせよ、政治的な謀略で人を貶めたり、心理戦で相手を出し抜いたり、呪術まで使ったり、こんなにもさまざまな戦いが表面下で起きていたのかと驚きます。実はすごく激しい時代だったんじゃないかと思うんです。

山本　ええ。当時の権力闘争のありようを『源氏物語』からも読み取ることができます。紫式部は出仕してから、特に彰子のもとに勤めてからは、日常的に権謀術数に触れていたことでしょう。ですから、紫式部が出仕する前に書いたのが、「帚木《ははきぎ》」「空蟬《うつせみ》」「夕顔」の帖だと私は考えています。この三帖では権力闘争が描かれておらず、光源氏はいかにも幸せで能天気なお坊ちゃんという感じだからです。この三帖をもとに『源氏物語』を長編化するとき、紫式部は、光源氏の出生まで遡るかたちで「桐壺」帖を書き足したのでしょう。

角田　「桐壺」は、「帚木」「空蟬」「夕顔」と違って、どろどろしていますよね。帝に深く愛された桐壺更衣は女房たちに虐められて、どうにか子を産んだものの、あまりにも美しい子だったので、この子が天皇にでもなろうとしたら波乱が起きるに違いないと桐壺帝は考えて、天皇家の跡継ぎでなく、源氏として育てることにする。帝が政治的な判断をしています。

山本　政治と人間に関わる深いテーマへと変わっていますね。これは主婦だった紫式部が、宮廷の内部に触れたことで起きた変化だと思います。

紫式部は一〇〇一年四月に夫が亡くなり、自宅で物語を書いていましたが、スカウトされるかたちで一〇〇五年に出仕して、その年の十二月から彰子のもとで長編化にとりかかります。それまではせいぜい中級か下級の官吏の狭い世界しか見たことのなかった主婦が、宮廷の内部に触れて書けるものが広がった。そのような変化があったのだと私は推測しています。

角田　すごく納得がいきます。

　最初は自分の身の回りのものしか見えない。だから、登場する女性たちも身分がそんなに高くない。でも、もっときらびやかなところに行き、そしてどろどろしたものを見て書けるようになった。実際にそういうことはよく起きると思います。

愛は人を幸福にするのか、不幸へと導くのか

山本　小説家の角田さんにうかがいたいです。物や事柄は目の当たりにして初めて書けるようになるものでしょうか？　それとも自分が体験しなくても、知識や想像力で書けるものでしょうか？

角田　今の作家は取材ができるんですよね。たとえば不動産業の内部を書こうと思ったら、取材を申し込んで、職場を見学させてもらったり関係者からお話を聞けたりする。そこから想像という段階に行ける。でも、取材という方法や考え方がなかった時代には、自分で見聞きしたことから題材を起こして想像していくしかないですよね。

　紫式部の変化について、私が強く感じ入ったのは、愛と幸福をめぐる問いが生まれたこ

とです。『道長ものがたり』から言葉を借りると、「後ろ盾を失った女は、どのように主体的に生きていけるのか、いけないのか。為時女《ためときのむすめ》自身の人生経験から出た視点である。さらにもっと深くは、（略）愛は人を幸福にするのか。それとも人を暴走させ、不幸へと導くのか」。これはまさに『源氏物語』のテーマですよね。

山本　そのとおりだと思います。

角田　このテーマを紫式部が自分事としてつかむには、主婦のままではいけなかった。実際に宮廷に入って目の当たりにしたものがある。一方には、帝に愛されるけれども政治的に追いやられていく后がいる。もう一方には、政治的に最高の位を与えられても帝に愛されない后がいる。どちらが幸福なのかなんて、本当にわからない。きっと彰子のもとに勤めることがなければ、このテーマ自体、紫式部がつかむことはなかったのだと思います。

山本　それ以前の大きな転機として、夫の死があったと思います。

『紫式部集』を読むと、紫式部が夫を愛していたことがよくわかります。結婚して、たった三年で夫が亡くなった。愛していたからこそ、夫の死後も苦しみが続くわけです。そのときに「愛は人を幸福にするのか、不幸へと導くのか」という問いが、紫式部に芽生えたのだと思います。ただ、その頃はまだ、自分と夫という限られた人間関係のなかのことでした。その問いが遍在するということを、紫式部は宮廷で思い知ったのだと思います。「帝や后のように高貴な人々でも、私と同じように苦しむのか」と、目が開かれるような思いをしたのではないでしょうか。

角田　私もそこがいちばんびっくりしました。権力闘争の一環として政略結婚を繰り返している人たちですから、人が人を愛するなんてことはないのだろうと、そういう偏見が私にはあったんです。ところが一条天皇が惜しげもなく定子を愛したことを知って、帝でもそんなに人を愛することがあるのか、政治に囲まれた帝と后にも純愛があるのかと、雷に打たれたような衝撃を受けました。

山本　紫式部は出仕してから、定子という人は本当に幸せだったのだろうかという疑問を持ったのでしょう。

定子は一〇〇〇年に若くして亡くなります。その時には、権力者に敵視され、天皇の愛ひとつにすがった悲劇の后というイメージが広まっていたはずです。ところがその後、一〇〇五年に紫式部が出仕したときには、清少納言の『枕草子』のなかに定子の幸せそうな面影が美化して記されていて、周囲でも定子は「帝に愛された幸福な后」として語り継がれている。現実主義者の紫式部は思ったでしょう。「本当にそうなの？」と。また紫式部は彰子に仕える身ですから、異議申し立てという意味もあって、『源氏物語』を書きたかったのだと思います。

角田　『源氏物語』は、「愛は人を幸福にするのか。それとも不幸へと導くのか」という問いの繰り返しじゃないですか。光君に愛されたがために生まれる不幸みたいなものもすごく多いし、後半の「宇治十帖《うじじゆうじよう》」も薫に目をつけられなければ大君《おおいぎみ》は幸せに暮らせていたのに、と思うところもある。愛されるのもどうかという……。それに気づくと、これまでと違った読み方ができますね。

（二〇二四年二月十九日）

第三章

気になる登場人物、場面から『源氏物語』を読み解く

藤壺は光源氏を愛していたか

山本　それでは、帖《じょう》を追って語っていきましょうか。

光源氏の父である桐壺《きりつぼ》帝は、亡き妻である桐壺更衣《こうい》にそっくりな藤壺《ふじつぼ》を妃《きさき》に迎えます。おそらく光源氏が九歳、藤壺が十四歳のときでしょう。子と継母という関係ですね。光源氏は十二歳で元服し、葵《あおい》の上《うえ》の婿となる。しかし夫婦仲が悪くて光源氏は宮中にいることが多く、しだいに藤壺に恋情を募らせていく。そして、ある夜の密通で、藤壺は光源氏の子を妊娠します。

ところでここには、光源氏と藤壺の密通について、いきなり二度目の密通のことが書かれていて、一度目についてはほとんど語られていません。角田さんは、藤壺は光源氏に恋情を抱いていたと思われますか？　というのも、密通の夜の藤壺の描写が、訳者によって現代語訳が違うのです。角田さんは絶妙に微妙な訳を施されていました。

藤壺の宮も、以前の思いもかけなかった悪夢のような逢瀬《おうせ》を思い出し、あれ以来いっときも忘れることのできない悩みの種となったのだから、あれきりにしようと心底から決心していたのにと、情けない思いでいる。

（「若紫」）

「若紫」帖系図

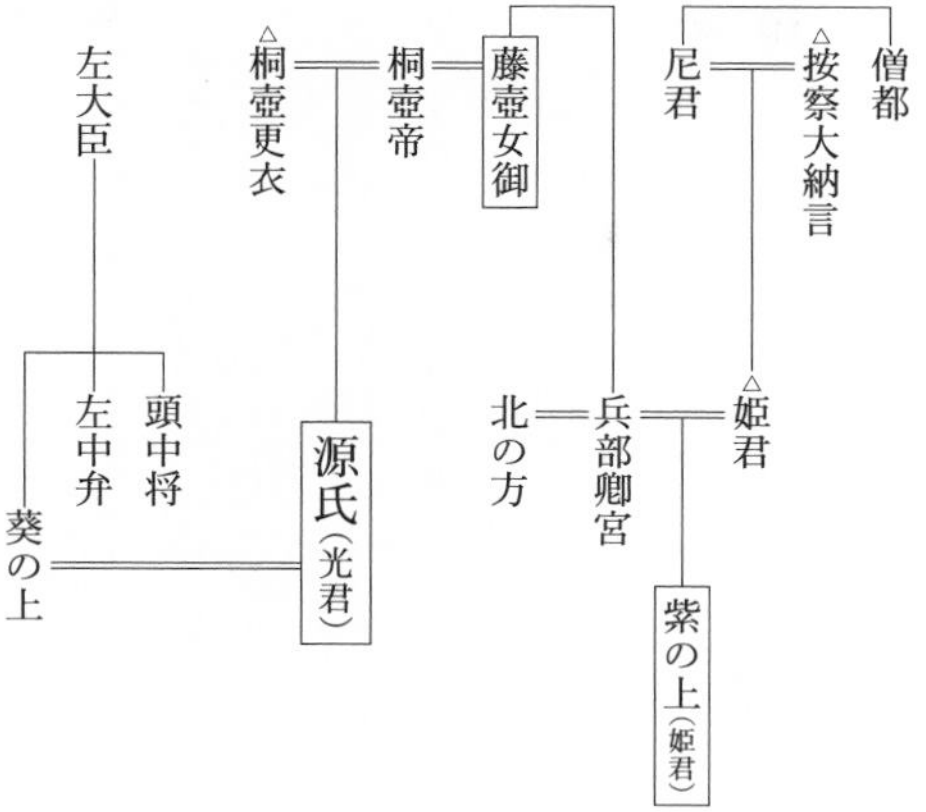

＊登場人物系図
△は故人

角田　訳者によって解釈が分かれるんですか？

山本　はい。角田さんの訳の「思いもかけなかった悪夢のような逢瀬」は、藤壺にとって唐突な事件だったことを示しています。一方、円地文子訳では「宮も浅ましいことであったと悔いていらっしゃるいつぞやの夜を」（「若紫」『源氏物語　一』）とされていて、唐突さがない上、藤壺自身が自分の罪として悔いているようなニュアンスが感じられます。また瀬戸内寂聴さんは、藤壺から光源氏への恋情を想定されています。

『源氏物語』には「かがやく日の宮」という、かつて存在したけれども失われたとされる帖の名が伝えられているのですが、もし「かがやく日の宮」が現存していたら、そこには藤壺のことが詳しく書かれていたと瀬戸内さんはお考えになったようです。そこで瀬戸内さんはこの帖をご自分で執筆された。本当は「かがやく日の宮」という題名にしたかったのですが、先に丸谷才一さんが『輝く日の宮』という本を出版されたので、『藤壺』という題名にしたということです。

『藤壺』には、こういう一行があります。「（山本注・源氏の君は）たった一度、藤壺の宮の腕が源氏の君の背に巻かれ、かすかに力がこめられたことを、見逃してはいませんでした」（『瀬戸内寂聴全集23』新潮社）。最初の密通で藤壺が光源氏を抱きしめ返した腕の力、この一文に、瀬戸内さんは二人が思い合っていたというご自分の解釈を込められたのだと思います。

角田　とてもおもしろいですね。この解釈は、私には想像もつきませんでした。

山本　映画「新源氏物語」（一九六一年、監督：森一生、出演：市川雷蔵、寿美花代）でも、光源氏に迫られた藤壺は、拒む姿勢を見せながらも受け入れる。あたかも藤壺がずっと前から光源氏を想っていて、光源氏が強引に迫ったことでようやく二人が通じ合えた、と。そういう描き方が、実は少なくありません。

角田　そんなふうにがらりと解釈が変わることがあるのだと、私は気づきませんでした。そもそも、現代語訳の依頼をいただいたとき、できるだけ意訳をしないでほしいとのことだったので、私はどう解釈するかなどと考えようとも思いませんでした。

山本　注釈書にも、相思相愛的な解釈があります。

たとえば「紅葉賀《もみじのが》」帖に、光源氏が「青海波《せいがいは》」を舞うのを藤壺が見て、その素晴らしさを認めつつも、苛立ちをおぼえる場面があります。原文は、「藤壺はおほけなき心のなからましかば、ましてめでたく見えましと思すに、夢の心地なむしたまひける」。「おほけなし」は大それた、身の程知らずであるの意です。これを光源氏の心と読むと、帝の妻に恋する光源氏の大それた心に藤壺は苦悩していることになります。しかし注釈書によっては、藤壺自身のおそれ多い心と解して「帝《みかど》の寵愛《ちょうあい》を受ける身でありながらも、源氏と交わってしまった藤壺の苦悩をさす」（『新編日本古典文学全集20・源氏物語①』）という注釈をつけています。この注釈に沿って訳してみると、「藤壺は、『帝に対しておそれ多い背信のわだかまりがなかったならば、光源氏の舞がもっと素晴らしく見えただろうに』と思った」となりますね。

藤壺は光源氏に襲われたのではなく、二人は不倫関係であるとも読める解釈です。

角田　えーっ、そうなんですね。私はテキスト、『新編日本古典文学全集』を使いながら訳していたんですが、解釈ということではまったくなくて、どう読んでも、どう訳しても、藤壺にその気はないのに光源氏に犯されたとしか思えなかったんです。なので、訳しながら、藤壺は、自分は他の男に犯された女であるという恥の意識から、帝に顔向けできないのだなあと想像していました。「おほけなし」は、犯された自分はもう帝には不釣り合いだ、顔向けできない、というような……。

山本　「おほけなし」の意味を、誰のものとして解釈するかですね。

角田　印象としては、藤壺が光源氏を好きとか嫌いとかいう以前に、帝のもとに入内《じゅだい》した時点で、藤壺には帝以外の人を恋愛対象として見るという選択肢がなくなった、恋愛という発想自体がなくなったとも言えるかもしれません。もし万が一、光源氏に対して恋愛感情が芽生えそうになったら、全力で蓋をしたと思うんです。ですから光源氏に迫られたときに、「ああ、やっと来てくれた！」なんて気持ちにはよもやなるまいと。

山本　そうですね。

角田　「光源氏と想いが叶った。けれども、これは蓋をして隠さなくてはならない」という順序で起きたのではなくて。「絶対にあってはならないこととして、先に蓋をしておいた。その蓋を光源氏が、無理やり犯して壊した」という順序だと思います。

山本　私もそう思います。

藤壺は役割意識がとても強いです。前帝の内親王《ないしんのう》という出自もあって、生き方を外側から規定され、それを自分に忠実に守らせていた人だと思います。ですから、思いがけなく光源氏の子を妊娠し出産したあとも、桐壺帝の后として、自分の子どもである冷泉《れいぜい》をきっちり天皇にして、冷泉天皇の母をきっちりまっとうする。そういう生き方をしています。

しかし、だからこそ、藤壺は犯された被害者なのに、結局は光源氏と自分二人の罪として「おほけなし」をずっと背負って生きていかざるをえない。なぜこんな目に遭うのか、なぜ被害者にますます被害がのしかかってくるのか。今の #MeToo を先駆けている人だと思います。

角田　たしかにそうですね。少し前までは、性被害に遭う人は自分が悪いのだと思わせる空気が世間にありました。被害者本人もそう思ってしまうから、声を上げられず泣き寝入りする。でもそうではないですよという認識が、ようやく広まってきたように思います。たぶん、その認識の修正のただなかで私が生きているので、藤壺は「犯された私に非があった。帝に申し訳ない」と思ったに違いないと想像してしまうのだと思います。

ですから、藤壺は光源氏をひそかに思っていて、来てくれるのを待っていた、という読み方があるなんて信じられない思いですし、そんな読み方もできるのかと感心してしまうというか……。

男性的な解釈がなされてきた

山本　それはいわゆる「男性的」な解釈だろうと、私は思うんです。平安時代から明治・大正期に至る長い間、国文学の研究者は男性が多く、光源氏の視点で都合よく『源氏物語』を読んできた人がとても多いと思うんです。そうすると「どんな女も光源氏を嫌いになれない。藤壺なんてその好例だ」と気軽に思ってしまう。

角田　「女はみんな光源氏にイチコロだよ」と、にわかに信じられていましたよね。

山本　原文を読むと、抵抗する藤壺のことを、光源氏がとても都合よく考えているのがわかります。

「若紫《わかむらさき》」帖の二度目の密通のとき、光源氏はこのように思っています。

いかがたばかりけむ、いとわりなくて見たてまつるほどさへ、現《うつつ》とはおぼえぬぞわびしきや。

（無理やりの逢瀬のなかにいる今このときも、現実感がなく夢としか思えないのは、やるせない）

まるで心神耗弱のような状態で、これは夢なのだから何をしてもいいのだと彼が思い込んでいたと、罪深い行為を正当化しているように読めます。

続けて、藤壺の様子が書かれます。

宮もあさましかりしを思し出づるだに、世とともの御もの思ひなるを、さてだにやみなむと深う思したるに、いと心憂《こころう》くて、いみじき御気色なるものから

〈藤壺は、自分にとって思いがけなかった一度目の密通のことを思い出すことさえ、生涯忘れることのできない悩みの種で、せめてあれきりで終わりにしたいと深く思っていたのに、〈光源氏がまた来てしまったので〉とても嫌そうで、ひどく恨めしい顔をしている〉

「宮もあさましかりしを思し出づるだに」、ここに、先ほどお話しした一回目の記憶が記されています。

角田　そうでした。一回目は書いていなくて、これは二回目だということがここで示唆されているんですね。「いと心憂くて」「いみじき御気色」に、藤壺の抵抗感がはっきりあらわれていますね。

山本　はい。ところがひどいことに、そんな藤壺を見て、光源氏はこう感じます。

なつかしうらうたげに、さりとてうちとけず心深う恥づかしげなる御もてなしなどの

なほ人に似させたまはぬを、

（いじらしくて思わず抱きしめたくなるけれど、かといって馴れ馴れしいところがなくて、心深くきちんと気品がある物腰で、やっぱり誰にも似ていない最高の女性なので）

角田　呑気というか、藤壺との温度差がひどいですね。

山本　さらにこの後、

などかなのめなることだにうちまじりたまはざりけむと、つらうさへぞ思さるる。

（「どうして藤壺には欠点がないのだろう、せめて欠点さえあればこんなに惹かれなかったのに」と、光源氏は彼女を酷いとさえ思う）

こんなふうに、すべてを藤壺のせいにして事に及ぶ。

この場面の光源氏が、私はとても腹立たしくてしかたがありません。

角田　「ああ、やっと来てくれた！」なんて迎え方は全然していないですね。

とてもつらそうな面持ちではあるものの、やさしく可憐な態度で接し、それでいて馴れ馴れしくはせず、奥ゆかしく気品ある物腰を崩さない。やはりこんなお方はどこにもいないと光君は思い、どうしてこのお方には少しの欠点もないのだろうかと、恨めしくさえなるのだった。（「若紫」）

なんというか、「嫌よ嫌よも好きのうち」的な読み方だと、男性的というより昭和的な解釈にも思えてきます。

山本　ええ。藤壺は一生懸命に拒否しているけれども、拒否のしかたがしとやかなので光源氏はますます魅了されてしまうのだと、はっきりと書いてあります。けれども、研究者にしても訳者にしても、二人が不倫関係という読み方を長く続けてきました。不思議なことです。

そして「賢木《さかき》」帖で、藤壺は出家します。桐壺帝の一周忌をきっかけにした出家ですけれども、ある女性研究者の解釈に、目から鱗が落ちたことがあります。藤壺は光源氏を拒絶するために出家という手に出たのだ、と。

角田　たしかに、目が覚めるような読み方です。

山本　当時、天皇が亡くなり未亡人となった妃が新しい相手と結婚することは実例もあり、特に咎められることではありませんでした。「貞女は二夫に見《まみ》えず」では全然なかったんですね。ですから、桐壺帝に先立たれた藤壺はフリーです。誰と結ばれようが、密通にはなりません。

角田　もし藤壺に光源氏への恋情があるなら、遠慮なく関係を持てたわけですね。

山本　そのとおりです。

　そうしたなかで桐壺帝の死の数カ月後、光源氏は藤壺の寝室に忍び込みましたが、藤壺は一生懸命に拒否します。その後、藤壺は悩みに悩んで、桐壺帝の祥月命日の法要を終えたら出家すると決めました。この流れに着目したのが、先ほどお話しした説です。

角田　光源氏を拒絶するための出家、でしたね。

山本　はい。ただ、それは単に密通を拒むためではありません。

　もしまた犯され、妊娠し、子を産んだら、生まれた子が、このとき皇太子だった息子の冷泉に似ているかもしれません。そうなれば、遡って冷泉は藤壺と光源氏の密通の子だということが世間に知られて、冷泉がどんな目に遭うかもわからない。

　つまり、息子である冷泉を守るための出家だったというわけです。

角田　藤壺の母性に光をあてる読み方ですね。それは新鮮です。『源氏物語』にはいろいろな母親――自分の思いを抑えて娘を紫の上に預ける明石《あかし》の上《うえ》や、娘とは関係してくれるなと頼む六条御息所《ろくじょうのみやすどころ》、娘に対し支配的な一条御息所（落葉《おちば》の宮《みや》の母）、中将の君（浮舟《うきふね》の母）などが登場しますが、藤壺は「光源氏の永遠の想い人」という側面が強すぎて、母として考えたことが私はありませんでした。

花散里の評価

角田　読み方がこんなに分かれて、しかも読み方にその人があらわれるのが、『源氏物語』のおもしろさですね。

先ほどの、寂聴先生による藤壺の解釈は、やっぱり寂聴先生らしいです。そういえば、寂聴先生は花散里《はなちるさと》が大嫌いなんですよね。

山本　そうなんですか？

角田　寂聴先生が『源氏物語』を女性たちの声で描きなおした、『女人源氏物語』という小説があります。紫の上や玉鬘たちが自分の声で語っているんですけど、女として求められない人生なんて生きていて楽しいんだろうか、というふうに花散里はみんなから見下されているんです。

寂聴先生は河合隼雄さんとの対談のなかでも、「花散里なんていちばんつまらない女でしょう」と語っていました。寂聴先生にとって、女性に性的魅力や性的関係がないというのは、とても価値が低いことなんですね。

山本　たしかに、寂聴さんは、女性の性愛をとても大事なことと考えられていましたね。

角田　私なんかは、花散里は気楽でいいなと思うんですね。

求められないことの気楽さと言いますか。おしゃれに着飾って男性を待ったりしなくていいし、セックスレスの関係は今ではわりと普通のことです。花散里は、出産はしなかったかわりに、光源氏から何人もの子どもの養育を押しつけられたとも言えるけれども、育児をわりと伸び伸び楽しんでいますよね。

山本　けっこう言いたい放題に言っているところも、花散里はいいですよね。

「少女《おとめ》」帖で、花散里は光源氏の子どもの夕霧《ゆうぎり》を預かっていますが、のちに「夕霧」帖で夕霧が「父上は僕に浮気するなと言うんだ」と言うと、「お父上ご自身の浮気癖を棚に上げて、よくおっしゃいますね」と返しますね。

角田　機転が利いていますよね。

山本　花散里は、姉が桐壺帝の女御《にょうご》だったりと、なかなか高貴な出自ですから、光源氏に対しても決して下手に出ていません。自由な生き方をした女性なのだと批評した説もありました。

角田　それもまた、新しい視点ですね。

山本　昔はよく言われましたよね。光源氏が太陽のように輝いていて、そのまわりを女性たちが回っているのだと。そういう読み方を「男性」研究者たちがしてきたけれども、「女性」研究者が増えてきて、それぞれの生き方を尊重した読まれ方がたくさん出てきています。

それにしても不思議なのは、どうして『源氏物語』はどのような視点からも柔軟に読めてしまうのでしょう。

角田　古典作品のなかでも珍しいですか？

山本　珍しいです。

たとえば、『源氏物語』よりも前に書かれた『宇津保《うつほ》物語』は、登場人物の立場や思いがとてもストレートに描かれています。『源氏物語』のように、ある出来事や人物の気持ちをどのようにも解釈できるということは、ありません。『源氏物語』以降の物語は『源氏物語』に影響を受けていますから、意図的に広い解釈を呼びこむ書き方がされているものもあります。

角田　『源氏物語』は、従来の物語の作り方を大きく変えたんですね。

末摘花が登場するにはわけがある？

角田　私がもうひとり気になっているのが、末摘花《すえつむはな》です。

高貴な出自の末摘花は、後ろ盾を失って身分が落ちてしまった。それで、光源氏に引き取られて引っ越してくるのですが、それまでの生活を一切変えようとしません。そんなふうに昔の形式にしがみついている女性を、紫式部は嫌ったんじゃないか。嫌っているからこそ、末摘花の容姿をこきおろしたり、センスのなさを指摘する描写は、容赦なく筆が乗っているのを感じます。

山本　おもしろいですね。

角田　そのことを、先輩作家に話したことがあるんです。すると、「それは違うよ。末摘花は、光源氏の寛大さをあらわすために登場する。どんなに不細工な女性でも最後まで面倒を見るのが光源氏という男で、その愛情の広さを示すために末摘花が出てくるんだよ」

と言われました。なるほど、そういう解釈が主流らしいと知ったものの、時間がたつにつれて、光源氏は末摘花に対してそんなに寛大かなという疑問も湧いてきました。

山本　光源氏が末摘花のもとを訪れていたときの場面です。

末摘花は、座高が高いとか、鼻が普賢菩薩《ふげんぼさつ》の乗り物の象みたいだとか、黒貂《くろてん》の皮衣《かわぎぬ》なんて男物を着ているのも変だとか、さんざんな書かれ方をします。そして帰っていくときに光源氏が「我ならぬ人はまして見忍びてむや」(「私以外の人がこの人との関係に我慢できるだろうか、いや、我慢できないだろう」)と思うんですね。光源氏は、自分がこうして末摘花に馴染んだのは、彼女の父で亡くなった常陸宮《ひたちのみや》の導きだろう、常陸宮に免じて末摘花と付き合うか、と考えています。

角田　それを受けて、先ほどの作家の方は「光源氏の寛大さ」と言っているんだと思います。

山本　私が教えていたゼミ生が、末摘花を題材にした卒業論文を書いたことがありました。光源氏はよく末摘花の器量を笑っています。光源氏が若紫とお絵描きをする場面などでも、末摘花が笑われている。読者もおもしろい描写だと思ってついつい笑ってしまう。でも、そこで笑われているのは末摘花ではなくて、末摘花を笑い者にしている光源氏や読者のほうではないか。それが末摘花の物語が突きつけてくるテーマである、というのです。今のルッキズムの問題そのものですよね。

角田　それは今の時代ならではの読み方ですね。

山本　私もそう思いました。

加えるなら、末摘花が提示しているのは、ルッキズムの問題だけではありませんね。野暮ったい歌を詠んだり、正妻でもないのに着物を用意して送ってきたりと、末摘花は要領が悪く、配慮に欠けます。

特に、「唐衣《からころも》」の歌はおもしろいですよね。末摘花が光源氏に送る歌は、いつも古臭い掛詞《かけことば》や縁語が使われていて、なかでも「唐衣」という歌語をやたらと用いている。そのことを光源氏がからかって、「唐衣また唐衣唐衣かへすがへすも唐衣なる」（唐衣、また唐衣、唐衣、くりかえし何度も唐衣であることよ）と詠む。

角田　読者がみんな吹き出すような場面ですよね。

山本　ええ。この場面はいかにも笑いどころとして書かれてあって、紫式部の筆が冴え渡っています。作者の好き嫌いはわかりませんけれども、末摘花という一人の特異なキャラクターを作り出して、それを楽しく書いているという感じが溢れていますね。

やっぱりおもしろいのは、『源氏物語』の柔軟性です。末摘花は、光源氏の寛大さをあらわす存在だという読み方もできれば、光源氏や読者の愚かさを糾弾する存在だという読み方もできる。あるいは、高貴な出自でもこんなに愚かな姫がいるという、風刺のための存在とも読めます。

角田　そうですね。真反対の読み方を誘い入れる。それこそ「寛大な」物語かもしれません。

山本　角田さんが小説を書かれたときに、もし自分が意図していない読み方をされてしまったら、どう思われますか？　作者としては、「それは違う」と言いたくなりますか？

角田　いいえ。人によってそれぞれ違うふうに捉えられて、いくつもの読み方が出てきたとしたら、きっと私は嬉しいと感じるだろうと思います。ただ、それは、狙って書けるものではないんですよね。だから『源氏物語』は不思議です。今こうして話している間でも、「こんな読み方があったんだ！」という発見が続いていますから。

山本　そういう発見の連続があるから、『源氏物語』は千年も読まれ続けてきたんでしょうね。

六条御息所の生き霊

角田　特異なキャラクターといえば、六条御息所はなかなか強烈ですね。

山本　六条御息所は、作中で何度もリサイクルされるキャラクターという点でもおもしろいです。その痕跡が、年齢のくいちがいというかたちで露呈してもいます。

六条御息所の登場を追っていくと、まず「夕顔」に「六条わたりの御忍び歩《あり》きのころ」とあります。この「六条わたり」は六条御息所とみて間違いありません。このとき光源氏は十七歳で、すでに二人は関係をもっています。ところが第九帖「葵《あおい》」でふたたび登場した六条御息所は、次の「賢木」帖で人生を述懐します。

十六にて故宮《こみや》に参りたまひて、二十にて後れたてまつりたまふ。三十にてぞ、今日また九重《ここのへ》を見たまひける。

（十六歳で故宮〈前皇太子〉に入内して、二十歳で先立たれた。今三十歳で、今日ふたたび宮中を見た）

この年、光源氏は二十三歳なので、六条御息所は光源氏の七歳上となります。しかしここで六条御息所の年齢に矛盾が生じています。
前皇太子が亡くなったとき、六条御息所が二十歳なら、そのとき光源氏は十三歳のはずです。ところが第一帖「桐壺」では、光源氏が四歳のときに兄の朱雀院《すざくいん》が皇太子になっています。これでは光源氏が四歳から十三歳にかけての約十年間、皇太子が二人いたことになってしまいます。

角田　まったく気づきませんでしたが、本当ですね。この矛盾を、山本先生はどのように読んでいますか?

山本　これは紫式部の間違いだと思います。『源氏物語』はあまりに長い物語なので、キャラクター作りに矛盾をきたすのも致し方ありません。書写されて広まる段階で後人が修正を施す方法もあったのでしょうが、問題が先々の帖に及んでしまうので修正せずに書写されてきたのでしょう。
たしかに間違いではあるのですが、紫式部は間違いを犯してでも六条御息所というキャラクターを活用したかった。そういうことだと私は思います。

角田　六条御息所は、嫉妬の権化みたいなイメージをもたれていますよね。

山本　ええ、生き霊になって葵の上に取り憑いて殺してしまうほどですからね。

角田　二次創作でも、鬼のような形相で描かれていますし。

山本　謡曲や映画でも、怨念の人という感じですね。

角田　私も最初はそういうイメージをもっていました。でも訳していくうちに、嫉妬の権化みたいな描かれ方があまりにも可哀想で、そんな訳し方は私にはできないと思いました。六条御息所は、恋愛感情の嫉妬から錯乱した人というよりも、人間性を否定されて悩みに悩んだ人なのだと思ったんです。

その意味でも、とても印象深いのは、たとえば生き霊になって葵の上に取り憑いて殺してしまう場面よりも、車争いでプライドを踏みにじられる場面なんです。

山本　「葵」帖の車争いはアクションシーンで人気がありますが、おっしゃるとおり、アクションよりも六条御息所の受ける屈辱が上手に描かれている場面ですね。

角田　光源氏が行列に加わるというので、姫君たちが見物に集まる。六条御息所も人目を忍んで牛車で出かけたのだけれど。

山本　光源氏の正妻である葵の上の牛車と場所の取り合いになって、たがいの従者たちが騒ぎ立てる。六条御息所は牛車のなかで誰にも気づかれないようにじっとしているけれども、葵の上の従者たちに勘づかれてしまった。「さばかりにては、さな言はせそ」（それくらいの地位の者に、偉そうな口を叩かせるな）と当てこすりを言われながら、とうとう六条御息所の牛車は奥のほうへと押しやられてしまう。それだけでも惨めなのに、こっそり光源氏を見に来たことを知られて、この上なく惨めである。

さらに、「榻《しぢ》などもみな押し折られて、すずろなる車の筒《どう》にうちかけたれば、またなう人わろく、悔しう何に来つらんと思ふにかひなし」（牛車の柄を支える榻なども先ほどの騒動でみなへし折られて車体が傾いてしまうので見ず知らずの牛車に轅《ながえ》を引っ掛けてあるのがこの上なく惨めだ。やめておけばよかった。何のために見物に来たのだろう。そう思ってももうとり返しがつかない）と六条御息所は感じます。ただでさえ惨めな思いをしているところ、さらに人の世話にならなくてはいけないという屈辱ですよね。この「またなう人わろく」の一言だけでも見事だと思います。

角田　くわえて「ものも見で帰らんとしたまへど、通り出でん隙《ひま》もなきに」（もう見物もやめて帰ろうと思うが、抜け出す隙もないほどの混雑だ）と、立ち往生してしまう。

山本　そこに「事なりぬ」（「行列が来たぞ」）という人々の声が聞こえる。光り輝くような光源氏が登場するわけですね。六条御息所のいる場所からはもう見えるはずがないのですが、ひと目だけでも光源氏の姿を見たいと思う。六条御息所は必死に目を凝らしたことでしょう。でも光源氏は、六条御息所の牛車に気づかず素通りして、葵の上の牛車の前を通るときにはきりっと顔を引き締める。その様子が六条御息所に見えた。

角田　牛車や従者たちの動きもダイナミックですが、六条御息所の心の動きに引き込まれます。

見物どころか何も見えない。情けなさはもとより、こうして人目を忍んで出てきたのにはっきりと知られてしまったことがくやしくてたまらない。牛車の轅《ながえ》を載せる榻《しじ》なども押し折られて、轅はそのへんの車の轂《こしき》に打ち掛けてあるのも、なんとも体裁が悪い。いったいなぜのこのこと出てきてしまったのか、と御息所は苦々しく思うけれど、後悔しても詮ないことだ。もう見物もやめて帰ろうと思うが、抜け出す隙もないほどの混雑だ。そこへ「行列が来たぞ」という人々の声がする。そう聞くと、あの薄情なお方の姿をひと目見たいと心弱くも思ってしまう。光君は御息所の車に気づくことなく、ちらりとも見ずに通りすぎていってしまう。その姿をひと目見ただけで、また御息所の心は千々に乱れる。

（「葵」）

山本　はい、この場面はアクションというより心理劇ですね。六条御息所は完全に無視される。まさに人間性が否定されたわけです。この場面があることで、六条御息所が生き霊となり、葵の上の寝床に飛んで行くというファンタジック場面もリアルな感覚で読むことができますね。人間性の否定が、彼女の精神を異常なものにしたんです。

角田　そうですよね。生き霊になったと言っても、六条御息所には身に覚えがないし、行きたくて行っているわけでもないですし。

山本　不可抗力で起きていることなのに、六条御息所は世間にどう思われるかばかり気にしている。でも強烈な自我も持っている。生き霊化と自我、その間で軋轢《あつれき》が起きてしまうというキャラクターが際立っていますね。

角田　そうですね。

山本　葵の上が出産する場面には、葵の上の雰囲気がみるみる六条御息所に似てきて、六条御息所の生き霊に取り憑かれたのだと示される場面があります。また六条御息所の髪から芥子《けし》の香りがするという場面もありますね。物の怪《もののけ》調伏のために焚《た》いた芥子の香りが染みついているということは、そこに生き霊が居合わせたという証明になるわけです。

角田さんは、六条御息所が生き霊になって葵の上を取り殺したという設定で訳されましたか？

角田　私にはそのようにしか読めませんでした。ただ生き霊になった動機は、嫉妬ではなく、屈辱だと考えていました。それほど自己が崩壊させられたのだと。

だから私は驚いてしまった場面が、「須磨《すま》」帖にあります。須磨でわび住まいをする光源氏が、彼との関係を清算して娘の伊勢斎宮《いせさいぐう》と共に伊勢に下った六条御息所と和歌を交わしたところです。

> 愛していた人だったのに、あの物の怪のことで厭わしくなった自分の心得違いのせいで、御息所のほうでも愛想を尽かして別れていってしまったのだ。そう思うと、今さらながら申し訳ないことをしたとも思う。（「須磨」）

光源氏はこんなふうに思ったんですね。この場面は掌を返されたような驚きでした。心得違い、つまり思い違いだとすれば、『道長ものがたり』に出てくる「心の鬼」のような集団催眠ではないですが、光源氏をはじめ周囲の人々が六条御息所に内心抱えていた罪悪感が見せた生き霊だった。そう考えることもできるではないかと。

山本　「心の鬼」は「疑心暗鬼」ということですね。葵の上が亡くなったときには、光源氏は六条御息所が死なせたと思い、心底から六条御息所にうんざりしていました。しかし後になって、「あれは思い違いだったかも」と思いもする。光源氏はそういう都合がいいところがありますね。

角田　須磨に退いてあまりにも孤独に暮らしていたから、うんざりしていた六条御息所すら恋しくなって、心得違いだったと思いたかったのかもしれない。

山本　なるほど。

死んでなお怨霊に

角田　六条御息所は死んだ後も、紫の上や女三《おんなさん》の宮《みや》に取り憑きますよね。死んでなお、怨霊として登場させられるのが可哀想で可哀想で。

山本　本当にそうですよね。「若菜《わかな》　下」で、紫の上は一度息をひきとります。そこで加持祈禱が施されると、紫の上に憑いていた物の怪が憑坐《よりまし》に乗り移る。それで紫の上は生き返る一方、憑坐が髪を振り乱して泣く様子が、葵の上を取り殺したときの六条御息所の生き霊にそっくりだと光源氏が気づきます。

死んでなお、六条御息所が怨霊として戻ってきた。そこで六条御息所の語る言葉が切ないですよね。

角田　ここの場面ですね。

私が生きていた時にほかの人より軽んじてお見捨てになったことはまだいいのです。お親しい人との睦言《むつごと》に、私のことを『心のひねくれたつきあいにくい女だった』とおっしゃいましたね、そのことが本当に恨めしい……。今はもう亡くなったのだからと大目に見て、だれかほかの人が私の悪口を言った時でも、それを否定してかばってくださったってよかろうものを……、とふとそう思っただけなのです。（「若菜　下」）

山本　自分に対する光源氏の薄情さというよりも、光源氏が正妻との寝物語で自分のことを馬鹿にしたのが許せなかった。ここはまた、紫式部の筆が冴え冴えとしていると思います。

角田　そして、駄目押しのようにもう一回、「柏木《かしわぎ》」に出てきますね。六条御息所は女三の宮に取り憑いて、語ります。

山本　私は、ここはすごく爽快に感じます。

後夜《ごや》の御加持に、御物の怪出で来て、「かうぞあるよ。いとかしこう取り返しつと、一人をば思したりしが、いとねたかりしかば、このわたりにさりげなくてなむ日ごろさぶらひつる。今は帰りなむ」とてうち笑ふ。

（後夜の加持のとき、物の怪が出てきて、「ほらごらん。私から紫の上をうまいこと取り返してやったと思っておられるのが腹立たしかったから、今度はさりげなくこちらに来て、何日も取り憑いていたんだ。もうこれで帰るわ」といって笑う）

語り出しから「ほら、ごらん！　私だよ！　また来てやったよ！」というような快活さがある。加えて、自白と言いますか、女三の宮に悪さをしたのは自分であると、つまり女三の宮と柏木の密通事件を引き起こしたのも自分の仕業だと明かしている。最後に六条御息所は、開き直ったように、完全に物の怪としてあらわれているんですよね。とどめの「今は帰りなむ」は、「さらばじゃ！」とでもいうような、威勢のよい振り切りを感じます。

角田　本当ですね。「さらばじゃ！」の響きがよく似合う（笑）。

山本　「愛は人を幸福にするのか。それとも不幸に導くのか」に照らせば、六条御息所はいちばん不幸になった人だと思うんです。そんな彼女が、光源氏に復讐したいだけ復讐しきって、「さらばじゃ！」と去っていく。実に爽快です。呆然とするだけの光源氏というのも、小気味いいじゃありませんか（笑）。

角田　今、山本先生のお話を聞いていて思いました。この当時、宮廷で紙芝居のように、誰かが『源氏物語』を読み上げて、それをみんなで聞いていたのだとしたら、六条御息所の怨霊が出てくると、その場がすごく盛り上がったんじゃないでしょうか。「待ってました！　御息所！」と声が上がるような、大人気の登場人物。だから紫式部は、繰り返し六条御息所を登場させたのかなと。

山本　それは思いつきませんでした。そうだったかもしれませんね。

角田　何度も引っ張り出されては人を呪い殺さないといけないなんて、可哀想な人だと思っていたんですけど、少し印象が変わってきました（笑）。

山本　六条御息所、今からでも大人気のキャラクターになるかもしれませんね（笑）。

「若菜」以降、光源氏を内側から崩壊させていく

角田　『源氏物語』は、第一部が「桐壺」から「藤裏葉《ふじのうらば》」まで、第二部が「若菜　上」から「幻」まで、第三部が「匂宮《におうみや》（匂兵部卿）」から「夢浮橋《ゆめのうきはし》」の、三部作と捉えられています。

私は「玉鬘《たまかずら》」あたりから変化があって、「若菜　上」からドラマチックに物語の構成が変わっていると感じています。山本先生も「若菜　上」に転機を見られているとうかがいました。

光源氏が栄耀栄華に達した第一部、そこで『源氏物語』を終えるという選択があったのだけれど、紫式部は続きを書くほうを選んだのだ、と。

山本　そうですね。物語の始まりである「桐壺」での光源氏の設定は、両親の純愛から生まれ、両親の異常ともいえる愛情譲りの超人的恋愛能力の持ち主だけれども、母の身分の低さゆえに天皇にはなれない皇子です。これが大きな伏線として提示され、この伏線がどう回収されていくかが、『源氏物語』の大きな枠組みになっています。

角田　はい。

山本　一方には、ラブストーリーがある。光源氏が超人的恋愛能力をどんどん発揮して、

おもしろおかしい恋の物語がたくさん語られます。もう一方にはサクセスストーリーがある。こちらは長い時間をかけて、「藤裏葉」でついに、光源氏は准太上天皇《じゅんだいじょうてんのう》という待遇を得ます。准太上天皇は上皇に准じる待遇ですから、サクセスストーリーとしてはゴールです。どれだけ途中は苦しくても最後は「めでたしめでたし」に行き着く物語であることは、おそらく藤原道長《ふじわらのみちなが》に雇われたときから決まっていました。

角田　けれども、そこまで書き終えて、ふいに紫式部は立ち止まった。そのように山本先生はお考えになっているんですよね？

山本　ええ。「本当に私がこれが書きたかったのだろうか。たくさん女を苦しめてきた。特に藤壺なんて……」と、紫式部は思い至ったのではないでしょうか。では、光源氏が苦しめられる側になったらどうなのか。それを「若菜」以降で書いていくのだと思います。

角田　「若菜」以降の文章に変化はありますか？

山本　もともと紫式部は、主人公がつらく悲しいときほど、嬉々として筆が進んでいる感じがします。逆に主人公が幸せなときには、滑稽だと感じるのか、凡庸な文章になってしまうところがある。逆境のときほど人間の本質があらわれる。紫式部はそう思って書いていたのではないでしょうか。

ですから、「若菜」以降は思う存分、光源氏を苛めていますね。准太上天皇というゴールにたどり着いた光源氏を、内側から崩壊させていく。「若菜」は、紫式部が舌舐めずりしながら書いているように感じます。

角田 たしかに、人が不幸になっていくほど描写が冴えまくりますよね。山本先生ご自身はどうですか？『道長ものがたり』も、成功者としての道長の裏の側面、尽きることのない苦悩に光をあてています。

山本 実を言うと、私も登場人物が悲しい目に遭うのが好きなんです（笑）。『道長ものがたり』では、道長の晩年、娘たちが怨霊に取り憑かれてどんどん死んでいくところが痛ましいのですが、そこを書くのがいちばん楽しかったです。道長のような成功者も、苦悩や悲嘆にこそ人の真実が見えると思います。

紫の上の不幸が始まる

角田 山本先生もそうなんですね！「若菜　上」で、紫の上の不幸が始まるところなんて、まさに紫式部は泣きながらも楽しんで書いているように思えます。

山本 ええ、光源氏と女三の宮の結婚ですね。

紫の上は、光源氏の正妻格として暮らしていた。けれど光源氏は、朱雀院の申し出を引き受けて、女三の宮との結婚を決める。すると、紫の上よりも身分の高い女三の宮が正妻になるんですね。新婚の三日間、光源氏が女三の宮のところへ通うというとき、紫の上は悲しみを押し殺して、女房たちと光源氏の結婚を祝おうとする。女房たちは、「光源氏様はひどい」と嘆く。紫の上を気遣う手紙を送ってくる女君もいるけれども、紫の上はまわりの声を聞くのも苦しく、みんなが自分を嘲笑っているような気さえしてくる。

角田　ひとりでじっと堪えていますね。

山本　ええ。続いて、御帳台《みちょうだい》のなかで耐える紫の上がとてもつらいです。

紫の上は女房たちと夜が更けるまで談笑しますが、あまり夜更かしして女房たちに変に思われるのも恥ずかしいので、御帳台に入って寝具にくるまる。御帳台はまわりに帳を下ろせるので、人目を防ぐことができるわけですね。ところが、紫の上は「うちも身じろきたまはぬ」（身じろぎひとつなさらない）。

角田　音を立てたら女房たちに「やっぱり眠れないのね」と思われるから、寝具のなかで身じろぎもできない。つらいですね。

あまり遅くまで起きていても、いつもと違うとみなが変に思うだろうと気が咎《とが》めて、紫の上は寝所に入った。女房が夜具をかけるが、なんともさみしいひとり寝がもう三晩も続いていて、やはり平静ではいられない気持ちである。けれどもあの須磨《すま》の別れの時を思い出し、あの時は、もしこれきりのお別れとなっても、ただこの世に無事でいらっしゃると聞くことさえできれば、自分のことはさておき、ひたすら光君の御身を惜しみ悲しんだものだった。もしあのまま、あの騒ぎに紛れて私も光君も命絶えてしまっていたら、なんの甲斐《かい》もない二人の仲だったではないか。そう思えば……、と気をとりなおす。風の吹いている夜気は冷え冷えとしていて、紫の上はすぐにも寝入ることができず、しかしすぐ近くにいる女房たちに変だと思われてはいけないと、身じろぎもせずにいるのもなんともつらそうである。まだ夜が明けきらぬうちの鶏の声も、しみじみと胸に響く。

（「若菜　上」）

山本　絶望的に孤独ですよね。紫の上は、光源氏を引き止めることも、誰かに相談することもできない。こういう心情のリアリティを紫式部はわかっていたのだと感嘆します。

実はここにも、藤壺の影が落ちています。紫の上は藤壺の姪（藤壺の兄の娘）で、女三の宮も藤壺の姪（藤壺の異母妹の娘）です。光源氏は「紫の上に加えて女三の宮も藤壺に似てるかもしれない」と思って、女三の宮との結婚に踏みきりました。

角田　最初は帝に差し上げたらいいとか、自分は先がそう長くないからとか言いながらも、藤壺の妹君の娘で、容姿も藤壺に次いで素晴らしいらしい、と興味を持つわけですよね。しかも中納言の朝臣《あそん》はどうか、でもちょっと行き届かないところがあるけどね……なんて、褒めてけなして自分のものにしてしまう。

山本　光源氏の欲望が肥大したのがわかります。准太上天皇にまで昇りつめて、これをゴールとすればいいのに、さらに素晴らしい女が欲しくなったわけですから。この愚かさを突き詰めていくのが、「若菜」以降ですね。

角田　正妻にするなら、紫の上よりも格上の女三の宮が欲しいという、さらなる上昇志向なのでしょうか？

山本　そうですね。それが成功の副作用というものでしょうね。

朱雀院が女三の宮の縁談を考えたときに、「光源氏様は女のことで不満があるご様子です」と仲介者が言い、それを聞いて朱雀院が「それなら女三の宮も芽があるのでは？」と思う。つまり、光源氏はまわりに紫の上の不満を漏らしていたのですね。

角田　なるほど。

山本　紫式部の歌があります。

心だにいかなる身にかかなふらむ思ひ知れども思ひ知られず
（心は身に相応に合わせてくれるものではない。心は思い知っても思い知らないものなのだ）
（『紫式部集』）

光源氏に照らし合わせると、准太上天皇という身になったら、それが自分のゴールだということを思い知っていても、また次の欲望が出てきて「思ひ知られず」になってしまったわけですね。

紫の上が覚醒する

角田　紫の上が、手すさびで書いた和歌を見て、自分は悩んでいるということに気づく場面がありますよね。

手習などするにも、おのづから、古言《ふること》も、もの思はしき筋のみ書かるるを、さらばわが身には思ふことありけりとみづからぞ思し知らるる。

（手習いなどしてみても、気がつけばその古歌もものの思いに耽《ふけ》る歌ばかり書いているので、そうか、この私には悩みがあったのか、と我ながら気づくのである）　（「若菜　上」）

山本　自分で自分を騙していたんですね。「私は大丈夫、大丈夫」と自分に言い聞かせていた。

角田　「わが身には思ふことありけりとみづからぞ思し知らるる」（この私には悩みがあったのか、と我ながら気がつくのである）という、この一文が、私にはものすごく衝撃でした。平安時代の人たちは、現代の私たちと違って、個人という意識が薄いように思います。だから「私は」どうである、という直接的な表現がないように思ったんです。悲しくて涙が止まらない、恨み言を言う、といった表現はよくありますが、「私はひどく傷ついた」とか「私は腹立たしくてたまらない」とかは、あんまり見あたらない。「私が恥ずかしい」というよりは「世間の笑いものにされる」「語り草になる」という感じ方になるのかなと。なので、紫の上が、今後の身の上について、人に何と言われるか気にしつつも、「私は悩んでいたんだ」と気づく。ここで私はなんだかはっとさせられたんです。

平安時代に、こんなふうに記述されている女性は他にもいるのでしょうか？

山本　悩める女性といえば藤原道綱母《みちつなのはは》の『蜻蛉日記《かげろうにっき》』でしょう。道綱母は夫に浮気を繰り返されていつも心が不安定で、自分の苦悩を自覚し、冒頭にそれを提示して書いていますね。「私はいとものはかなく（ひどく頼りなく不安定に）生きている人間だ」と。

一方『源氏物語』の紫の上は、「自分の心をごまかしている人」と設定されているのだと思います。幼い頃から光源氏の庇護のもとで生きてきて、彼しか頼る人がおらず、すべて彼に合わせて生きてきた。「紫の上だってよくやきもちを焼いていた」と言われるかもしれませんが、それは光源氏に好まれる程度にやきもちを焼いていたのです。紫の上の人生は、全部が演技だったかもしれないですね。ですから、自分に嘘をついていた人が「そうか、この私には悩みがあったのか」と気づくという、これは覚醒です。

角田　覚醒が描かれていると考えると、すごいことですよね。

紫の上は、光源氏に襲われて関係をもたされたとき、光源氏のことを、なんて嫌なやつなんだと思う。それ以降、紫の上の心情は一切描かれることなく、気がつくと大人になって、しかも光源氏からとても愛される女性になっていると、以前山本先生は指摘されていました。

もしかしたら、襲われたときに失われてしまった「私」というものがあった。もしこんな身の上じゃなければ、私は演技をしなくても生きられたのかもしれない。今の私は、本来の私ではなかったかもしれない。もっと奔放な、「別の私」がいたのかもしれない。この「別の私」というのが、当時としてはとてつもない発見だったのではないかと思うんですね。

山本　たしかにそうですね。

角田　身分も結婚も、自分の意思ではなく、決められた道を歩くしかなかった。そんな時代の人が、「もし別の道があったら」と仮定して考えている。この発想があまりにも現代的で、あまりにも私たちに似ているから、私は衝撃を受けたのだと思います。

弱りゆく光源氏

角田　山本先生は、大学で『源氏物語』を教えられています。学生たちに人気がある帖はありますか？

山本　私が生き生きと語るからかもしれませんけれども、「若菜」は学生の反応がいいです。たとえば「若菜　下」で、光源氏が密通される側になって、いわゆる間男の柏木をいじめるところがありますね。無理にお酒を飲ませるので、「アルハラだ」「パワハラだ」と学生たちは言います。今の若い人らしい感覚ですね。

角田　そうですね。

山本　柏木の死後、光源氏が薫《かおる》――表向きは光源氏と女三の宮の息子だけれども、実は柏木と女三の宮の密通で生まれた子――を抱いて、「お前の父たちに似るな」と言う場面も、「光源氏は初めて柏木のことを悼《いた》む気持ちになった」という感想があがります。人の心の痛みを知らなかった光源氏が、「若菜」では格段に深まっていますね。

角田さんも、「若菜」がいちばんおもしろいとおっしゃっていましたね。

角田　はい。作家としてのピークを迎えたかのように思えます。エンターテインメントとして、この先どうなるのかと読み手に思わせる牽引力もあり、伏線を回収していく手腕も見事で、物語として大きな膨らみがあり、それでいて、個の悩みや因果に迫る深みもある。現代小説に通じる手法が、すでに完成されているようにも思いました。

でも、寂聴先生は河合隼雄さんとの対談で、「若菜」がいちばんつまらない、ドタバタ劇のエンターテインメントだとおっしゃっていました。寂聴先生と私は、同じ物語を表裏から見ているような気がします。

山本　第一部、第二部、第三部、それぞれ特徴がありますね。

第一部は、先行作品である『伊勢物語』などの型を踏襲して、政治的な敗北者が栄華を手に入れていく物語です。

第二部は、第一部に対する猜疑心が作家に生まれて、栄華を逆説的に見る。栄華を手に入れるということは、欲望が肥大化して自分の足元を崩していくということではないか。そういった批判性をもって、人間の愚かさについて深く探求していく。

また、第二部から第三部にかけての読みどころのひとつに、母性があります。第二部では、光源氏がどんどん子どものようになり、紫の上はどんどん成長して光源氏の母のようになっていく。母である桐壺更衣、桐壺更衣に生き写しの藤壺、藤壺の二人の姪である紫の上と女三の宮と、母の面影を追い求め続けてきた光源氏に、死期を迎えた紫の上は「私はもう死にますが、人間はみな死ぬものです」と、菩薩のように説いて諭して去っていく。母の身代わり、その身代わりの身代わりまでいなくなって、「紫のゆかり」の伏線が回収されます。本当に大切な存在に身代わりはいないのだ、と。

第三部、特に「橋姫《はしひめ》」から「夢浮橋」までの「宇治十帖《うじじゆうじよう》」は、浮舟と母の固着関係が目立つこともあって、母性というテーマが本格的に展開するともいう読み方もできますね。

角田　『源氏物語』には、紫式部という小説家の成長と変化が見える。以前、そんなふうに山本先生がおっしゃっていました。その意味がとてもよくわかります。

山本　ある意味では、光源氏の本当のゴールが、紫式部には最初から見えていたのだと思うんです。

というのは、紫式部が小説を書き始めたきっかけは、夫を亡くしたことだと考えるからです。この喪失感をどうしたらいいのかというところから始まって、心の箱庭を作り、そこに光源氏を入れる。そして自分が体験したのと同じように、大切な人を喪失する目に遭わせて、「どう生きるのか、お前は?」と突き詰めていく。つまり紫式部は対象喪失の体験を繰り返し確認していて、それが物語というかたちをとったのが『源氏物語』であると思うのです。

角田　だとすると、光源氏の本当のゴールは……。

山本　ええ、紫の上を亡くした時点で「もうだめだ」と彼が思った。それが作者の予期し、結局辿りついたゴールだったのでしょう。

これにはやはり、紫式部の体験が色濃く反映されていると思います。母や姉、親友を立て続けに亡くし、そのつど身代わりを立てながら「私は大丈夫、大丈夫」と気持ちをまぎらわせてきた。けれども、夫が亡くなったとき、ついに「もうだめだ」という境地を思い知ってしまった。それでも、これ以外の結果があったのかどうか何とか確認したい。その切なさがわかる気がして、第二部の、とりわけ「御法《みのり》」や「幻」は、涙なくして読めません。

パトロンが彰子に移った

角田　それまでとはストーリーががらりと変わった「若菜」が発表されたとき、当時の読者の反響はどうだったとお考えですか？

山本　そこが不思議なところですね。

「光る君へ」の歴史考証を担当されている歴史学者の倉本一宏さんは、第二部から物語が深化しているのは、道長がもう紫式部にあれこれと注文をつけなくなったからではないかと考察されています。言ってみれば、『源氏物語』が道長の支配を脱したわけです。

道長の目標は、娘の彰子が天皇の後継を産めばほとんど達成されたようなものでしたから、一〇〇八年に彰子が第一子の男児を、翌年に第二子の男児を産んだことで、道長はもう満足しているんですね。ですから、その後は紫式部は仕切り直して自分の思うように書いたのかなと、私は想像しています。

また私が想像するのは、紫式部が書くためには紙や筆や硯《すずり》という資本が必要なわけですが、それを与えるパトロンの役割が、この頃、道長から彰子に移ったのではないかということです。彰子は、紫式部とは違う人生を歩みながら、女性として人間として苦しい世を背負ってきた人です。光源氏が最高位の待遇を得たからといって、それで幸福というわけではあるまいということが、もしかしたら紫式部よりも身に沁みてわかっているかもしれません。

ですから、紫式部が新構想で出来立ての物語を持ってくると、「どうぞこの路線で書いていって」と背中を押したのではないか。「宇治十帖」は光源氏の死後の物語ですが、その構想を受け入れたのも彰子だったと私は思うんです。

角田　前に山本先生がお話ししてくれましたね。「宇治十帖」があそこまで展開したのは、紫式部と彰子の心の成長をあらわしている、と。とても感じ入りました。「愛は人を幸福にするのか、不幸にするのか」という問いは、きっと彰子が考えてきたことでもあるんですよね。その意味でいうと、道長は「宇治十帖」を読んでもおもしろいと感じなかっただろうな、と思ったりもしました。

山本　本当に、おもしろさというのは人それぞれですよね。

あるとき、大人のための古典講座で、「世と身と心」の話をしたことがあります。『源氏物語』の女君はみんな生きづらさを抱えているとお話ししたら、受講生の一人が「そんな話のどこがおもしろいのですか?」とおっしゃいました。「明るくて楽しくて、うきうきするような話がおもしろいのであって、つらい話のどこがおもしろいのですか?」と。私はつらい話や人間を深く描いた話に意義があると思い込んでいたので、そういう文学観もあるのだと、目から鱗が落ちました。今の言葉でいえば、「純文学」と「エンタメ小説」の違いかもしれません。きっと道長は「エンタメ小説」が好きだったのでしょうね。

角田　そう思います。

歴史が『源氏物語』を後追い

山本　ところで、准太上天皇という地位は『源氏物語』から生まれたようです。

角田　どういうことですか?

山本　『源氏物語』に記述があるために、あたかも准太上天皇という地位や称号が実在したかのように思われますが、あくまでこれは「天皇に准じる待遇」という意味で、歴史上に実例がなかったことなんです。

歴史上にあらわれるのは一〇一七年、彰子の息子である後一条天皇の時代に、皇統の異なる敦明親王《あつあきらしんのう》が皇太子の位を辞退しました。これはもともと道長が圧力をかけて迫っていたことなので、敦明親王は皇太子を辞退する見返りとして、今と変わらない安定的かつ高貴な位を保証せよと、道長を呼び出して直接交渉します。そして、道長から准太上天皇の待遇を引き出すことに成功したわけです。

角田 一〇一七年というと、『源氏物語』はどのあたりまで書かれていたんでしょう?

山本 すでに第一部は書き終えていただろうと思います。

角田 ということは、光源氏のほうが先に架空の「准太上天皇」という待遇を得ていたのですか?

山本 ええ、不思議なことです。『源氏物語』は歴史に先立って書かれていた。歴史が『源氏物語』を後追いしたとも言えますね。

もっと想像力を膨らませると、一条天皇が桐壺帝を後追いしたように読めるところもあります。桐壺帝の息子として生まれた光源氏ですが、この子は天皇になるべき顔をしているけれども、そうすると国が乱れるのだと、高麗《こうらい》の人相見が言います。桐壺帝は息子の将来を案じ、もし息子が天皇になろうという野心をもてば陰謀や謀反を起こされてひどい目に遭うかもしれないと考え、息子を皇族の身分から離し、源氏の姓を与えて臣下とした。愛情ゆえに息子の将来を断ったわけですね。

この桐壺帝と同じようなことが、亡くなる前の一条天皇にも起きました。

角田　なんとそんなことが！

山本　藤原行成《ゆきなり》の日記『権記《ごんき》』に書かれてあるのですが、一条天皇は定子との子である敦《あつ》康《やす》親王を皇太子にしたいと考えていました。そのことを相談された行成は、「それでは道長様が黙っていません」と答えます。それで一条天皇は、敦康親王の皇太子就任を諦めました。

ひょっとすると一条天皇は「桐壺」をよく憶えていたのかもしれない。だから行成の助言を聞き入れ、息子の将来を断つという判断をしたのかもしれない。そんなふうに、『源氏物語』は歴史を動かしたのかもしれないとも思うのです。……歴史学者の方には否定されますが（笑）。

角田　でも現実的には、たとえ読んだことを忘れていても、読んだことの影響が出てしまうことって、ごく普通にあります。

一条天皇の辞世の歌にも影響？

山本　もうひとつ、一条天皇の辞世の歌についても、光源氏が詠んだ歌を本歌取りしたものだという説があります。光源氏の歌と、側近の藤原行成が聞き取った一条天皇の歌を並べてみましょう。

浅茅生《あさぢふ》の露のやどりに君をおきて四方《よも》の嵐ぞ静心《しづごころ》なき

（浅茅生の露のようなはかない世にあなたを置いてきてしまい、四方から吹きつける激しい風の音を聞くにつけ、あなたが心配で気が気ではありません）

（『源氏物語』「賢木」）

露の身の風の宿りに君を置きて塵を出でぬることぞ悲しき

（人という露のようにはかない身の、風にさらされ吹き散らされそうな無常の世、そのような俗人の宿世《すくせ》にあなたを置き去りにして、私は一人俗界を離れてしまった。そのことが悲しい）

（『権記』寛弘八〈一〇一一〉年六月二十一日）

「やど（宿）りに君をお（置）きて」が重なっていますね。ただ、一条天皇の辞世は異伝が多いので、二つの和歌の影響関係をどこまで強く見るかは難しいところです。とはいえ、一条天皇は『源氏物語』の愛読者でしたから、最期のときに『源氏物語』のフレーズがふっと浮上して、辞世の歌に込めたのだろうとも考えられます。

物語というものは、本当にあったことのようにありありと、心のなかにもうひとつの世界をつくります。ですから、一条天皇の言動に『源氏物語』の跡が見えるとしても、不思議ではないと思います。

角田　そう思います。『源氏物語の時代』に書かれていた、一条天皇の辞世の歌が定子への返歌だったのではないかという話も、推理小説のようにぞくぞくしながら読みました。

当時の出来事を詳細にわたって『権記』に記している行成が、一条天皇の辞世の歌について「この歌のお志は皇后に寄せたものだ。だがその意味は、はっきりとは分かりにくい」と書いている。そして、この「皇后」とは、彰子でなく、定子のことである。「はっきりとは分かりにくい」と言いつつも、定子への歌と聞き取ってしまう理由は、行成自身の罪悪感にあったからだ、そのように山本先生は読み解かれています。

山本　はい。定子の辞世の歌はこうです。

煙とも雲ともならぬ身なりとも草葉の露をそれと眺めよ

（私の身は、煙となって空に上がることも、そこで雲になることもありません。でも、どうぞ草の葉におりた露を、私と思って見てください）

（『栄花物語』巻七）

定子は自分のことを「草葉の露」と詠んでいます。ならば、一条天皇が詠んだ「露の身」の「君」とは定子のこと、定子の死後十一年の時間を隔てて一条天皇が定子に詠んだ返歌である。行成はそう思ったんですね。

一条天皇の時代、行成は蔵人頭《くろうどのとう》に取り立てられて以来、定子のもとをよく訪ね、定子に仕える清少納言ともよく会話していました。けれども、彰子と定子の二人を天皇の正妻にする二后冊立《にこうさくりつ》が画策されたとき、「定子は出家したから神事ができない。だからもう一人の后が要る」という論法を使い、定子を「税金泥棒」呼ばわりまでして一条を説得し、道長に恩を売ったのは行成です。また、定子の息子である敦康に仕えながら、一条から「敦康を皇太子にしたい」と相談されると、「道長様が黙っていません」と断念させたのも行成です。これらはすべて、行成が日記に記しています。

あるいは、定子への罪悪感のようなものが、行成の内心に積もっていたのかもしれません。定子が亡くなった当日、定子の略歴のなかに「事有りて出家、その後還俗《げんぞく》」と行成は書いています。申したように行成は、定子を「出家」と見なして彰子を后に押し上げ、定子を苦しめました。定子の崩御を受けて「還俗」、つまり俗界に戻った人であると言い直したのは、行成に罪滅ぼしのような気持ちが込み上げたせいではないか。私はそのように考えます。

角田　人間のちょっとした心の動きが、たった一文にあらわれる。残された一文から、人間のちょっとした心の動きが読みとれる。素晴らしいですね。

光源氏亡きあとの物語

山本　これまでにも触れてきましたが、第一部は、光源氏が栄耀栄華を手に入れる物語。第二部は、第一部を逆説的に見ながら、「愛は人を幸福にするのか、不幸にするのか」という問いが深められる。光源氏の出番は、世俗の栄耀栄華を否定し、出家して仏道に救済を求めていくところで終わっています。仏教の影響が色濃く、人物たちが仏道を通して

「愛は人を幸福にするのか、不幸にするのか」と考えているようにも読めますね。

第三部は、光源氏が亡くなったあとが描かれます。第三部でも、僧侶や出家者がたくさん登場しますけれども、第二部までとは様子が異なりますね。第三部は仏教をも否定して、つまり紫式部はそれまで書いてきたことに批判的なまなざしを向けて、「愛は人を幸福にするのか、不幸にするのか」を深く深く考えていく。私にはそう読めます。

角田さんにお訊きしたいのですが、自分が過去に書いた小説に対して、「あのときの私は間違っていた」と否定することはありますか？　研究者にもあるんです、「あの論文を書いたときの私は間違っていた」ということが。ただ、自分の知見が深まれば、自分の考えも深まりますから、「私は間違っていた」と自己否定しながら深めていくしかないとも思うのですが。

角田　私はデビューしたとき、とても暗かったんです。身の回りのことしか興味が持てず、自分と同世代の人のことばかり書いていて、人生は苦しいものでしかないと考えていました。だから小説もぼんやり暗いものになる。編集者から「それはよくない。最後に希望がないと読まれなくなる」とよく言われていました。

デビューして十五年目のあるとき、その編集者の言っていたことが、全身に電流が走るようにわかりました。それで書き方を変えたら、エンターテインメントの小説になっていた。すると、前よりも部数も読者もたくさん増えて、「他者に読んでもらう小説」という意識が初めて生まれ、より自覚的になりました。

そういうことを十年くらい続けていると、今度は疲れ果ててきて、「私が書きたいものはこれじゃない」と。それで、今は「自分の書きたいものしか書きたくない」に至ります。二十代から五十代にかけて、そういう変化がありました。

前に山本先生が、『源氏物語』に紫式部の変化と成長を見るという読み方を教えてくださって、感銘を受けました。紫式部に自分を重ねるのはあまりにおこがましいですが、書き方が変わることには実感はあります。それに、第三部に「仏道の救済」から「仏道の否定」への変化があるとすると、物語が書きたいという欲求よりも、個人の魂の探求によって支えられていますよね。

山本　そうですね。

第三部の始まりである「匂兵部卿」（匂宮）の冒頭に、こんな一文があります。

光隠れたまひにし後、かの御影に立ちつぎたまふべき人、そこらの御末々にありがたかりけり。
（光源氏が亡くなったあと、あの輝きを継ぐような人は、大勢いる子孫のなかにもほとんどいなかった）

ここは輝きのない世界である。そのように提示してから、人物を動かしていく。ここにいるのは平凡な人たちばかりだけれど、しいて言えば匂宮と薫がいると、主要人物もまるで放り出されたかのようです。この書き方は冷酷ですよね。

角田　ここで急に、物語が私たちに近くなる感触があります。実際、ここからは不器用な、すれ違いを訂正できない人間くさい人たちばかりが登場します。この先を訳しながら、ふと、かつて六条院で女君たちが合奏していた場面なんかを思い出して、まるで神々の住む天上界みたいに思えたことがあったんです。ああ、もうああいうことはこの先ないのだなあ、と現実に引き戻される感覚が、へんな話ですが、私の今いるこの現実と地続きになっているように思ったんです。うまくいかない、すれ違いだらけの「輝きのない世界」に、私も生きている、というような……。

浮舟の母娘関係

角田　浮舟と母は、べったりと固着した母娘関係ですね。『源氏物語』には何組かそういった母娘関係が出てきて、落葉の宮とその母の一条御息所、六条御息所と娘の秋好《あきこのむ》中宮もそうです。

山本　どれもみな、母が支配的ですね。娘は母を愛して、母に報いようとしている。私としては、娘たちがとても健気だと感じます。でも浮舟は、あまりいい固着関係だと思われませんね。

角田　私もはじめはネガティヴに感じていました。

山本　母が実現できなかった欲望を娘に委ねるという、典型的な類型にもみえます。浮舟の母は八の宮の正妻に仕える侍女でしたが、正妻の死後に八の宮と関係して浮舟を産みました。でも八の宮からは疎まれて母娘ともども捨てられました。その傷つきから、娘には正妻になってほしいと思い、左近少将と浮舟の縁談を一人でまとめてしまう。その縁談が夫によって破談になると、夫を見返してやろうと、薫と浮舟を結婚させようとする。そのような自己本位な母にすがって生きる浮舟を、とても哀れに感じます。

けれども、浮舟からすると違ったのかもしれない。というのも、浮舟は、父の八の宮から認知されず、母の再婚にともなって陸奥《むつ》に行ったり常陸《ひたち》に行ったり、都に戻ったかと思えば薫に伴われて宇治に行く。その名のとおり、波に浮いてさまよっている舟のような人です。浮舟にとっては、母は錨のようなものだったのかもしれません。母だけが自分を庇護してくれた人であると思っていたのかもしれない。

角田　たしかに、浮舟が最後に会いたいと願うのは、ほかの誰でもなく母なんですよね。

かの人もし世にものしたまはば、それ一人になん対面せまほしく思ひはべる。
（その母君がもし生きていましたら、母ひとりにだけはお目に掛かりたいと思います）

（「夢浮橋」）

山本　浮舟は、薫を選ぶことも匂宮を選ぶこともできず、出家して世の中を捨てても、最後に会いたいのは母だと言う。そんな浮舟は幼稚だという見方もありますし、実際にそうだと思いますけれども、すごく切ない。

想像を広げてみると、幼い頃に母を亡くした紫式部は、母の面影を追いかける光源氏の物語を書きながら、同時に、娘を育てるという経験を重ねてきた。「母のいない自分」から始まり、「母になった自分」が重ねられていくなかで、浮舟と母のような密着した母娘関係が描けた。そう考えると、いっそう切なく感じます。

角田　私は考えれば考えるほど、浮舟の母というのは、母娘関係というテーマをもたらす存在というよりも、浮舟の依存先としての「母」という記号でしかないように思えてきたんです。

たとえば、落葉の宮と母の一条御息所なんかは、母が叶えられなかった望みを娘に託して、娘はそれを実現できなくて葛藤する。たがいに存在の意味を補い合っているような母娘関係だと思うんです。それに比べると、浮舟の母は、単に浮舟の意思を搾取する存在ではないか。

では、浮舟という存在は何なのか。紫式部は浮舟の母娘関係ではなく、とてつもなく主体性のない女性を描きたかったのではないか。私はそう思うんです。

山本　おもしろいですね。

浮舟が個に目覚めていく

角田　浮舟についてよく言われるのは、薫と匂宮という二人の男性のどちらにも想いがあって、どちらかに決めることができなかった女性、という読み方ですよね。

ここで私が立ち返るのは、山本先生がお書きになったあの問いです。「後ろ盾を失った女は、どのように主体的に生きていけるのか、いけないのか。愛は人を幸福にするのか、不幸へと導くのか」

紫式部は、彰子に仕えるなかで間近に見て考えてきたことを、すべて浮舟に託したのではないでしょうか。すると浮舟は、どちらかの男性に決めることなどできるはずがない。答えを出せるはずがない。なぜなら、この問いの答えがこの時代にはないのだから、「みなさんはどう思いますか」というふうに読者に問いを投げかける終わりしかなかった。

山本　おっしゃるとおり、浮舟には主体性が見えません。浮舟の母が何でも決めてしまって、そこには母の欲望が浮舟に重ねられるだけで、浮舟は自分では何も考えずにぼうっとしています。

でも、浮舟は変化していると、私は思うんです。唐突に薫によって宇治に連れていかれ、つまり母と引き離されることによって、浮舟は変化する。たとえば、匂宮に強引に襲われたことから彼との不倫関係が始まるのだけれども、これが愛というものだと、浮舟はふいに思う。あるいは匂宮が描いた睦み合う男女の絵を見ながら、涙を流して彼と語り合う。

ここには浮舟の個というものが描かれています。

浮舟の個は、それまでもあったけれども描かれなかったのか、母と引き離されたことで浮舟が自分で考えることに目覚めたのか。それはわかりませんが、とにかく変化が起きている。もともと宇治という場所は、薫、大君《おおいぎみ》、中《なか》の君《きみ》、八の宮などのバリアが張りめぐらされたトポスだった。浮舟は、そのトポスのなかで自殺未遂を図ることでバリアを破り、横川《よかわ》の僧都《そうず》や妹尼のいる小野という別のトポスへと移る。そしてそこで、人生で初めて自殺以外の能動的な行動を、つまり出家という行動をとる。「手習」帖で出家した翌朝、浮舟は和歌を詠みます。

亡きものに身をも人をも思ひつつ棄《す》ててし世をぞさらに棄てつる
（この世にないものと我が身をも人をも思い捨ててしまった世を、私はさらにまた捨てたのだ）

限りぞと思ひなりにし世の中をかへすがへすもそむきぬるかな
（これで最期と思い諦めた世の中に、私はまたしても背を向けてやったのだ）

どこか晴れ晴れとしています。浮舟は自分の人生を生きている手応えを感じているのではないでしょうか。

角田　浮舟が個に目覚めていくとは、私は気づきませんでした。私は浮舟のことを意志のないお人形さんみたいに思っていたんですけど、今のお話を聞いて、お人形さんみたいな女性のままではなかったのかと思い直しているところです。たしかに小野では、いびきをかくおばあさんのところに押し入って隠れたり、今すぐ尼にしてくれと泣いてせっつきますよね。これは逃げるための必死さでしかないように思っていましたが、これこそ彼女の個の発動とも言えますね。

山本　紫式部がすごいのは、それで物語が「めでたしめでたし」ではないところですね。男性との世俗的な関係は切れておらず、薫が浮舟の居場所を突き止めて手紙をよこしてくる。還俗して薫とよりを戻すようにと、周囲から勧められる。さあ、どうするか。還俗して薫のところに戻るのか、尼として今いるところに留まるのか。

角田さんは、『源氏物語　下』の「訳者あとがき」で、浮舟が選択肢を預けられたところで『源氏物語』が終わっているとおっしゃっていましたね。浮舟は選択肢を与えられた。でも、まだそれがどういうことかわからない。だから浮舟が泣きじゃくっているところで話が終わるのではないかと、私は思うんですね。

　浮舟はもう一歩踏み出したら、きっと選択肢に気がつくでしょう。そして、もし薫のところに戻ったなら、薫を愛欲と煩悩の世界から導き出し、愛執の罪を晴らす観音菩薩のような救済者になれるかもしれない。もし薫のところに戻らなくても、そこには自分自身の尼としての生活が待っている。どちらを選ぶにせよ、主体的なゴールがほのめかされて終わっているのではないかと、私はそう思うに至りました。

浮舟＝紫式部？

角田　浮舟について、古川日出男さんとお話ししたことがあります。
　古川さんは『源氏物語』を下地にした長編小説『女たち三百人の裏切りの書』をお書きになるなかで、『源氏物語』は「宇治十帖」から作者自身の話になったと感じたそうです。「浮舟＝紫式部」説ですね。人生の後半にあって紫式部が「いろいろなことを経験したけれども、何も選べず、何も決められなかった私」の物語を、浮舟という人物に重ねて書いたのだ、というふうに古川さんは読んでいました。私には思いもよらない説だったので、興味深くうかがいました。

先生はどうお感じになりますか?

山本　まず紫式部という作家の特徴は、変化と成長だと私は思います。『紫式部日記』には、内向的で気難しい主婦だった書き手が、最愛の人と死別した苦しみを抱えて、宮仕えというキャリアウーマンの世界に入っていき、さまざまな模索を経て少しずつ変化し成長していく相が書かれている。そう捉えると、すごく読みやすい。

『紫式部日記』も『紫式部集』も、紫式部の人物像を固定して捉えると、かえってわからなくなってしまうんです。『源氏物語』の登場人物についても、彼ら彼女らは固定的な人物像をもつのでなく、変化しているのだと捉えると読みやすいかもしれません。

そういった変化のなかに、「浮舟＝紫式部」というものもあるかもしれませんね。誰にも浮舟のような一面があるでしょう。親や生まれた場所は自分で選べず、水上に浮いた舟のようにあっちに行ったりこっちに行ったり、流れに小突き回されながら生きていく。

「浮舟＝紫式部」説はおもしろいですね。

角田　『源氏物語』は、母の面影を追い求める光源氏に、紫式部が自分を重ねて始まった。もしそれが、浮舟という女性に移っていったとしたら……。

山本　紫式部は夫と死別して、その苦しみから逃避するように物語に覚醒した。浮舟は母と離別することで自分というものに目覚め、出家という逃避によって自分の世界を作った。でもどちらも人生はそれで終わりではない。

浮舟のその後が明らかにされていないように、紫式部もこの先どうなるかわからない、政治にからめとられたり、また誰かと出会ったり別れたりするかもしれない。物語の結末なき終わり方には人生は変転だという精神が重ねられているといえるのかもしれませんね。

角田　なるほど、いろんな読み方ができますね。

複雑な人物として描かれる薫

山本　浮舟の話ばかりしてしまいましたね。第三部の主人公である薫についても振り返ってみましょうか。

薫は生まれつきよい香りのする人として設定されています。この世のものとは思えないほど芳しく、百歩離れたところからでも「これは薫様の香りだ」とわかってしまうほどです。

角田　そんな薫への対抗心から、匂宮はいつもお香を着物に焚き付けていて、「匂ふ兵部卿、薫る中将」と人々から呼ばれている。薫と匂宮がなにかと対照的であることを、うまく印象づける設定だなと思います。

山本　薫の香りは、困惑や混乱を生む種でもあるんですよね。たとえば「橋姫」で、薫が八の宮の邸宅の下男に着物を与えるのですが、あまりに高貴な香りが染みついた着物は不似合いだからと、かえって相手を困らせてしまう。「宿木《やどりぎ》」で中の君を訪ねたときにも、密通したわけでもないのに薫の残り香が中の君の体に移ってしまい、それに気づいた匂宮が腹を立てて中の君を責め立てる。中の君は薫の気を逸らそうとして、異母妹である浮舟の存在を薫に伝える。結局、薫の香りは、それほど良いものとして活用されていません。

角田さんは薫がお嫌いなんですよね？

角田　嫌いなんですけど、でも前に山本先生から、こんなに可哀想な境遇の子はいないというお話をうかがって、ちょっと見方を変えなければと思い直しました。

山本　そうでしたか。でも、たしかに角田さんがお感じになるように、いくら可哀想な境遇だからといって全部許されるものではないですよね。自己中心的、冷酷、優柔不断など薫の性格の悪さはやっぱり、いろいろな人を犠牲にしています。女性やまわりの人の心に対してまったく無知蒙昧で、それが最初から最後まで変わらない。

角田　自分の気持ちにも気づいていないですよね。薫が正直なことを絶対に言わないのは、別に悪意をもって嘘をついているわけではなくて、自分の気持ちの捉え方がことごとく間違っているからですよね。人物造形としてすごいなと思います。

山本　薫のように複雑な主人公は、『源氏物語』第三部より前にはいませんでした。他の主人公はみな、正直な自分の思いがあって、それが壁にぶつかって苦しんだり、恋として叶ったり破れたりと、ある意味でわかりやすい人たちでした。ところが薫は、自分でも自分の気持ちがわからない。「薫はコミュニケーション障害だ」と指摘する声もあるんですけれども、まずは自分とのコミュニケーションができていない人なんですよね。

角田　はい、そう思います。

八の宮復讐説

山本　薫に限らず、「宇治十帖」に出てくる男性の多くがコミュニケーションに難がありますね。

八の宮もなかなかです。八の宮は、大君、中の君、浮舟の父ですが、「うちの娘たちが心配でならない。世話をしてほしい」と薫に伝えるかと思えば、娘たちには「お前たちは宇治の山里から絶対に出てはならない」と、矛盾した言葉を遺します。その遺言が呪縛のように働いて、大君は薫を頑なに拒絶する。

角田 そして大君から中の君へ、中の君から浮舟へと薫の関心が移っていくのですから、八の宮が娘たちの人生を狂わせていますよね。

山本 おもしろい説があります。八の宮には薫を苦しめてやろうという魂胆があったのではないかというのです。

光源氏の須磨・明石蟄居中に、皇太子の冷泉を降ろして、新しい皇太子に八の宮を担ごうという画策がありました。しかし光源氏が都に戻って天下をとり、画策は無効となって八の宮は暗い道を歩むことになった。八の宮は光源氏に恨みを抱いていたはずである。だから、光源氏の子である薫の世話を焼いたのは魂胆があってのことで、八の宮から薫への働きかけはすべて復讐のためだった、という読み方です。

角田 物語の裏を深く読むような、ものすごい話ですね。

山本 ええ。そうすると「宇治十帖」の締めくくり、「夢浮橋」の最後で、横川の僧都によって浮舟の生存を知った薫が浮舟に送った歌が、ずいぶんと意味深なものになってきます。

法《のり》の師とたづぬる道をしるべにて思はぬ山にふみまどふかな
（仏道の師として求め、すがった人を案内者として歩いてきたはずなのに、思いがけない恋の山に踏み惑ってしまった）

通常は、この「法の師」を、横川の僧都のことだと読みますね。仏法を学ぼうと訪ねた僧都の導きで、思いがけなくも浮舟の生存を知ったと。けれどもこの論の解釈でいくと、薫を宇治にひきつけ娘たちとの出会いのきっかけを作った八の宮と読むこともできるんですね。若い日、仏法を学ぼうと訪ねた宇治の八の宮に誘導されて、思いがけなくも大君、中の君、浮舟への恋の路に踏み惑うことになった、と。すると歌の印象ががらりと変わります。

角田　恐ろしい。ほとんど恨み節ですね。

山本　ぞっとする仕掛けですね。

角田　だとすると、綿密に仕込まれていたということになりますかね。

山本　私はこの説を初めて知ったとき、すごく新鮮に感じました。けれども、年月がたつにつれ、少しつまらなく感じてきたんです。

角田　出来がよすぎるというか、物語が設定のなかにまとまりすぎていますね。

山本　はい。物語の価値基準が政治的成功だけに収まってしまう気がします。けれども、そういった単一の基準に閉じこめることなく、ときに矛盾し逸脱もする物語として読んでこそ、そこからさまざまな声が聞こえるのではないでしょうか。

男性の精神性を上回っていく女性たち

山本　浮舟は、「手習《てならい》」帖で、何首も歌を詠んでいます。そこに浮舟の内面の変化が描かれているように思います。

「手習」とは、美しい文字を書きこなす練習をいうのですが、転じて、手すさびに文字を書くことも「手習」と言います。ここでは、浮舟が気持ちをまぎらわせようとして「手習」の和歌を書いています。

自殺未遂後に記憶を取り戻し半生を振り返って、

身を投げし涙の川のはやき瀬をしがらみかけて誰かとどめし

（身を投げた涙の川の速い流れに柵をかけて、私をこの世にとどめたのは誰？）

出家を果たしてから自分自身を見つめて、

心こそうき世の岸をはなるれど行く方《へ》も知らぬあまのうき木を
（心ばかりは憂き世の岸を離れたけれど、現実のこの身は、これからどうなるとも知れぬ尼。
そんな浮き木のような私なのだ）

前に、紫の上の話がありましたね。手すさびで詠んだ自分の歌がとても悲しい歌だったから、「そうか、この私には悩みがあったのか」と、紫の上が気づく。精神療法の自動筆記ではないですけれども、無意識に書いたもののなかに自分があらわれる。そういった方法で浮舟の内面を描いていくので、わざわざ「手習」という巻名をつけて、ここがポイントだと示しているのでしょう。

角田　先生のお話をうかがっていると「手習」はたしかに再生の物語でもあるのですね。生きていてもしかたない、無用の存在だ、と浮舟は絶望していたけれど、出家を遂げて

「これのみぞ生きるしるしありておぼえたまひける」、生きていたかいがあったと初めて思うのですものね。そのあと、一度身投げで捨てた世を、今度は出家してまた捨てたと繰り返し「手習」で書きつけますが、これはもしかしたら書きつけることで、よし、自分の意思で生きているぞと再確認してパワーアップしている……とも捉えられるかもしれない。

山本　実は私は「手習」の前に置かれた「蜻蛉」が全然おもしろくないと思っていました。けれども、角田さんがどこかにお書きになっていたことで目が覚めました。浮舟があんなに苦しんで姿を消しても、男たちは結局何も変わらなかったという、その虚しさを「蜻蛉」は書いているのだ、と。なるほどと思いました。

「ひとつも変わらなかった男たち」という、男の愚かさを「蜻蛉」で描いておく。続く「手習」では、死んだと思われていた浮舟があらわれ、歌によって浮舟の内面の変化をあらわす。それによって、「ひとつも変わらなかった男たち」と「ひとりになることで変わった女」という対比が、強く印象づけられる。そして、その両者をぶつけるのが、最後の「夢浮橋」なのでしょうね。

角田　なんと、「蜻蛉」「手習」「夢浮橋」がそんな構成をもっていたなんて。読み方が更新されていくようで、興奮します。

山本先生がおっしゃっていたのでしたか。『源氏物語』は男性が女性を庇護するように見せかけて、実は女性の精神性が上回って男性たちを追い越していく物語だ、と。

山本　たぶん私ではありません。でも、私も同じように考えているので、嬉しいことです。

角田　成長しない薫と匂宮を尻目に、浮舟が大いなる成長を果たしている。

山本　はい。それでも「夢浮橋」で薫から手紙が届くと、やっぱり対応できなくてパニック状態になってしまう浮舟なんですよね。まだまだ変化と成長の過程にあるのかもしれません。

角田　浮舟をもっと読みたくなってきました。私のなかで浮舟観ががらりと変わりそうです。

浮舟について考えると、どうしても女性の自立について思いめぐらせてしまいます。当時の女性にとって、自立とはどういうものだったんでしょうか？

山本　「経済的な自立」と「精神的な自立」があると思います。今と同じで、「経済的な自立」がなければ「精神的な自立」は難しいですよね。

当時の「経済的な自立」は、後ろ盾の有無によります。身分の高い家に生まれたら一生安泰というわけではありません。公卿の娘が、のちに門付芸の芸人――売春を兼ねていたと思われます――まで転落したという実例もあります。九〇一年に菅原道真《すがわらのみちざね》が書いた漢詩にも、公卿の娘から没落して都の路をはだしで歩いて琴を弾いていた「弁《べん》の御《ご》」という女性が出てきます。説話にも多く見うけられます。

女性が売春の世界まで身を落とすというのは、珍しくありませんでした。そうなると孤高の精神状態を保つことは難しいでしょう。

角田　初めて知りました。女房たちや姫君たちの読み方が変わってきそうです。

山本　『源氏物語』のなかでは、たとえば末摘花の零落した暮らしぶりが目を引きますが、末摘花は家があって女房もいるだけましなんですよね。きっと荘園などの所有財産があって、働かなくても食いつなぐことができたのでしょう。

宮中は多様な人が集まります。天皇の妻たち、姫君のような女房たち、なかには転落を経験した女房たちもいました。ですから、紫式部は宮中に入ってから、当時の女性たちのさまざまな生き方に触れて感じることが多くあったのでしょうね。

続編『山路の露』

山本　のちの人によって、『山路の露』という、『源氏物語』の続編が作られました。二次創作ですね。薫と浮舟の物語の続きが書かれているのですが、これを読むと、当時の読者が『源氏物語』を読み終えてなお、気がかりだった点が三つあったことがわかります。

一つ目は、浮舟とその母との関係。二つ目は、薫と浮舟のその後。三つ目は、薫の家系、つまり光源氏の子孫が続くのか絶えるのかです。

角田　子孫のことには私は思い至りませんでした。

山本　『源氏物語』は、浮舟が尼になり、小野の寺にいるところで終わっていました。『山路の露』では、薫は何度も小野に遣いを送るのですが、浮舟からの反応はありません。我慢できなくなった薫は小野の里に忍び込み、浮舟と再会したのち、御簾《みす》越しに思いの丈を語ります。その後、薫の仲介によって、浮舟と母が再会し、夜が明けるまでじっくりと語り合う。薫も、母も、浮舟に対して、都のほうへ移ろう、付き合いを再開しようと伝えるのですが、結局とりとめがなく終わっています。

角田　『山路の露』は、どんな結末を書いているのでしょう？

山本　薫が浮舟のことを思案する一方で、薫の正妻が懐妊していることが最後にわかります。これをもって、『山路の露』の作者は、それなりに落着させたのかなと思います。

『源氏物語』では、出家した浮舟が最後に会いたいと願っていたのはただ一人、母だけでした。『山路の露』はまず、その浮舟と母を再会させた。そして、薫と浮舟の今後については含みをもたせつつも、最後に正妻の懐妊を書くことで、薫は家系的には正妻と落ち着いていくのだろうと予期させる。それは同時に、光源氏の家系が続いていくことをほのめかしているわけですね。

角田　なるほどと納得する一方で、やはり二次創作でも、はっきりとした結末——浮舟と薫は幸せに暮らしました、とか、浮舟はひとり抜け出して行方知れずです、みたいな落着には至らなかったのですね。それも興味深く思います。

（二〇二四年二月十九日）

第四章

さらに『源氏物語』をめぐって

膨らませたい登場人物

山本　創作者として心をくすぐられるような登場人物、もっと膨らませてみたいキャラクターはありましたか？

角田　お話しするなかで、『源氏物語』に書かれていない藤壺《ふじつぼ》を膨らませてみたくなってきました。それと、巻名だけが残された「雲隠《くもがくれ》」。光源氏が惨めになっていく姿を描いてみたいですね。

ところで、瀬戸内寂聴さんは『女人源氏物語』のなかで、近江《おうみ》の君《きみ》を膨らませているんです。近江の君は、田舎で庶民として暮らしをしていたのですが、父である頭中《とうのちゅうじょう》将に探し当てられ、宮中に差し出されてしまう。でも近江の君は嬉しくて、宮中の生活に慣れようと一生懸命に頑張る。それでも貴族たちから馬鹿にされ続けてしまう……。その先の、原文にはない展開を寂聴先生はお書きになっているのですが、近江の君は心の底から傷ついてしまって、庶民の世界に帰っていくというお話なんです。しかも近江の君を主人公に据えて、最後はまるで「貴族の世界なんてバーカ！　バーカ！」といわんばかりに背を向けて去っていく。これほどキャラクターを膨らませたのはすごいと思いました。

山本　そういえば、大和和紀《やまとわき》さんが『源氏物語』を漫画化した『あさきゆめみし』にも、似た場面があるんです。近江の君がみんなから馬鹿にされることについに腹を立てて、「もう帰ろう！」と友達と二人で田舎に帰っていくのです。「あはは……」と笑いながら去っていく姿が可愛らしくて。どちらかの作品がもう一方に影響を与えた可能性もありますね。

近江の君は、貴族社会とは異なる価値観をもったトリックスターのような存在ですね。

角田　笑われ役として出てくるのかもしれないですけど、末摘花《すえつむはな》より魅力的に描かれていますよね。

山本　ええ、実は顔立ちが褒められていたりするんですよね。それに親しみやすくて、貴族たちには早口で下品だと笑われるけれども、お話がおもしろいですよね。

角田　和歌の作り方も、「常夏《とこなつ》」帖《じょう》で、近江の君が弘徽殿女御《こきでんのにょうご》に送った和歌なんて、即物的でおもしろいですよね。

草若み常陸《ひたち》の浦のいかが崎いかであひ見む田子《たご》の浦波
（年若いので常陸の浦のいかが崎、どうにかして会いたいと思っています、田子の浦波）

山本　「いかであひ見む」だけ伝わればいい。あとは歌枕を並べて三十一音になればいい。常陸《ひたち》（茨城）、河内《かわち》（大阪）の「いかが崎」、駿河《するが》（静岡）の「田子の浦」の地名を盛り込んで、支離滅裂なのも気にしないという、むやみな勢いがありますよね。

角田　同じように歌を笑いものにされた末摘花よりも、近江の君には頭の回転のよさを感じます。

ひょっとしたら、末摘花が繰り返した「唐衣」や、近江の君の歌枕の羅列みたいに、「詠めないときはこうしよう！」みたいなノウハウをそれぞれもっていたのかもしれないですね。

山本　他にも、膨らませてみたいキャラクターはありますか？

角田　朝顔の君も気になります。というのは最近、朝顔の君が好きだという女性の声をよく聞くんです。朝顔の君はきっぱりしていて、光源氏にも身を許さない。

山本　光源氏を最後まで拒絶する、珍しい登場人物ですよね。

角田　吉屋信子さんの小説『乙女のための源氏物語』の新装版が出版されて、私は解説を書かせていただいたのですが、そのなかでは朝顔の君や朧月夜《おぼろづきよ》といった、ある意味自分の意思を持った姫君が好まれている印象を持ちました。

『乙女のための源氏物語』は、戦後直後に、お祖母さんが孫娘たちに『源氏物語』を語り聞かせるという物語です。その孫娘たちがかなり進んでいて、光源氏にたいして「いやあね」「大嫌い」「一体何を考えているのかしら」というふうに辛辣です。お祖母さんは、「お待ちなさい。光源氏というのはね……」と諭しますが、孫娘たちは遠慮しません。

その孫娘たちにむかってお祖母さんは、たとえば朧月夜は「アプレゲール」だと表現したり、朝顔の姫君は「狭き門」のアリサだと登場人物が言ったりする。（※アプレゲール…戦後、特に第二次大戦後に育った、旧来の考え方や習慣にとらわれない若い人たちのこと）

山本　「アプレゲール」とはふるっていますね。小さい頃、吉屋信子さんの少女小説をよく読みました。『乙女のための源氏物語』は読んだことがなかったので、ぜひ読んでみたいです。

角田　きっと吉屋さんの考えが、お祖母さんではなく、孫娘たちによって語られているんですよね。今の女性たちの目線が先取りされていると思いました。

私は鬚黒《ひげぐろ》の北の方が大好きなんです。鬚黒の北の方は精神を病んでいて、女のところへ出かけていく夫に灰をぶっかけたりしますが、鬚黒の北の方が実家に帰ったあと、精神の安定を得るのかどうかが気になっています。

山本　鬚黒の北の方、それから紫の上も、新しい妻を迎えた夫にしおらしく世話を焼いていますよね。紫の上は、御帳台《みちょうだい》のなかで体を硬くしていたくらい、我慢して、我慢して、最後はストレスで死んでしまったのだと私は思っています。それに比べると、鬚黒の北の方は夫の前で自分をさらけ出すことができたんですよね。ただ、それも結局は精神の病いということで片付けられてしまうのですが。

角田　「妻は耐えるもの」という固定観念は、今もうっすら残っていますよね。ですから、鬚黒の北の方が取り乱すところは、現代的だなと感じます。

山本　ええ。昭和の時代には、夫の浮気などで妻が取り乱すと、「ヒステリー」や「ノイローゼ」などの病名で揶揄《やゆ》されることがありました。残酷な時代でしたね。今は鬱と言われますが、鬱に至った心のあり方に思いを寄せる時代に変わってきたと思います。

「本音！　紫の上」

山本　中国やモンゴルから来ている留学生を含め、女子学生たちがしみじみと共感する場面が「夕霧《ゆうぎり》」にあります。前にも触れましたが、紫の上が内心で、一生に一度だけ漏らした述懐です。

「女ばかり、身をもてなすさまもところせう、あはれなるべきものはなし」
（女ほど身の振り方が窮屈で、あわれなものはない）

角田　実直で恋愛に不器用だと思われていた夕霧が、落葉《おちば》の宮《みや》に浮気する。夕霧の父である光源氏がそれを知って、「困ったものだ。私が死んだら、お前だってあんなふうに男たちの標的になるんだろうな」みたいに嫌なことを言い出すんですよね。

山本　それで紫の上が、わが身にひきつけて思案する。続けて、こんなふうに考えます。

ものの あはれ、をりをかしきことをも見知らぬさまにひき入り沈みなどすれば、何につけてか、世に経《ふ》るはえばえしさも、常なき世のつれづれをも慰むべきぞは、おほかたものの心を知らず、言ふかひなき者にならひたらむも、生《お》ほしたてけむ親も、いと口惜しかるべきものにはあらずや、心にのみ籠めて、無言太子《むごんたいし》とか、小法師《こほふし》ばらの悲しきことにする昔のたとひのやうに、あしき事よき事を思ひ知りながら、埋《うづ》もれなむも、言ふかひなし、わが心ながらも、よきほどにはいかでたもつべきぞ。

角田　ここですね。

うつくしいものに心動かされたり、折々の風雅を味わったり、そういうことを何もわからないかのように引きこもっておとなしくしていたら、いったいどうやってこの世に生きるよろこびを味わい、無常の世のむなしさを忘れたりできるというのだろう。おおよそ世の中のこともわからない、何もできない女になってしまったら、せっかく育て上げた親だってひどく不本意だと思うに違いない。心にじっとおさめて、十三歳になるまでものを言わなかった無言太子――小法師たちが無言行のつらい修行の時に引き合いに出す昔話の人みたいに、悪いこととよいことのけじめをわかっていながら黙っているなんて、生きる甲斐《かい》もないではないか。私自身、ほどよく生きていくにはどうしたらいいのだろうか。

（「夕霧」）

山本　そうつきつめて考えながら、「と思しめぐらすも、今はただ女一《おんないち》の宮《みや》の御ためなり」（と思いめぐらせているのも、今はただ、明石《あかし》の女御《にょうご》が産んだ女一の宮を思ってのことである）で終わっています。

登場人物がみずから「女とは」と視野を拡大して、女性の存在を深く考えるのは、『源氏物語』のなかでこの場面だけです。

角田　紫の上の人生を幼少期から振り返ると、たまらないものがあります。

山本　はい、「雀の子を犬君《いぬき》が逃がしつる」（「若紫《わかむらさき》」）と、泣きながら飛び出してきましたよね。まったく幼い子どもだったので、光源氏にとっては誘拐もしやすかったし、扱いやすい存在だった。その女の子が最初に光源氏に犯されるとき、ひどく嫌がりました。そこまでは彼女の主体性が書かれていたのに、それ以降の二十八年間、ここまで深く彼女の思索が語られることはなかった。だからこそこの心内表現には、彼女がどう生きてきたのかが凝縮していると思います。

角田　本当にそうですね。しかも「帚木《ははきぎ》」帖のなかで、嫉妬しすぎる女もよくないが、しなさすぎる女もどうか、という談議を思い出すと、紫の上はまさに、男性（光源氏）に気に入られる程度の嫉妬をしてみせていたのだと思えてしまって……。

山本　このときの紫の上は、病気でかなり衰弱して、これから先の選択肢がある状態ではありませんでした。だから、次世代に思いを託すしかなかった。そして紫の上は死に際して、生きとし生けるものの死という宿命を語って光源氏を諭します。紫の上という人が、長い時間をかけて成長した跡がはっきりと見える場面です。

角田　とても強い場面ですね。

山本先生がもっと膨らませてみたい登場人物は、やっぱり？

山本　ええ、やっぱり紫の上です。彼女がひた隠しにした気持ち、胸の内で抱えていたどろどろとしたものを言葉にしたいですね。「須磨《すま》とか明石とか行って子どもつくっちゃって！　こっちはひとりで落ち込んでるっていうのに、光源氏のヤツ何やってるのよ！」と率直に思いの丈を語ってもらう、「本音！　紫の上」という本があったら気持ちがすっとしますね。

角田　「本音！　紫の上」、ぜひ読みたいですね。紫の上にめいっぱい毒づいていただきたい。

山本　何度も言いますが、妻としても貴婦人としても優等生に描かれている紫の上は、むしろ必死で演技をしていたように思えます。紫の上は、いつも光源氏に対して、ちょっとやきもちを焼いていますよね。光源氏はそれが彼女の欠点だと言いながら、実は喜んでいる。角田さんのご指摘のとおり、紫の上は嫉妬の度合いも光源氏の好みに合わせています。

彼ひとりしか頼る人がいない女はそういう生き方をせざるをえないのが哀れです。いい気になっている光源氏の裏で、「なんだこいつ！」と思っている「本音！　紫の上」があったらおもしろいですよね。

角田　私は、「玉鬘《たまかずら》」の衣配りの「本音！　紫の上」を読んでみたいです。

山本　あの衣配りの場面は、衣装の描写が華やかなので読むのが楽しいのですけれども、紫の上がはらはらしていますね。

角田　光源氏が、歳暮として女君たちに晴れ着を贈ろうと、職人たちが持ち寄った色とりどりの着物を見ている。紫の上には紅梅の紋が浮き出た葡萄色《ぶどういろ》の衣、明石の姫君には桜色の衣、玉鬘には山吹色の細長《ほそなが》というふうに、光源氏はそれぞれの容姿に合わせて晴れ着を選んでいく。それを見ている紫の上が、選ばれた色や柄にちらちらと目を走らせながら、「たぶんあの地味な藍色を贈られるのが花散里《はなちるさと》さんで、あっちの赤に山吹を合わせてるけどパッとしないのが西の対の姫君って人よね」というふうに見当をつけながら、姫君たちの容貌を推し量っている。

まさに紫の上が他《ほか》の女性たちを気にしているその描写は、さらりと描かれているけれど、痛々しく心に残ります。

山本　紫の上の視線は鋭かったでしょうね。そんな彼女を見て、光源氏が言います。「つれなくて、人の御容貌《かたち》推しはからむの御心なめりな。さて、いづれをとか思す」（ポーカーフェイスをしているけれども、ほかの女君たちがどんな容姿をしているかを推量しようというつもりなんだな。さあ、どれが誰のだと思いますか）。妻の紫の上に対して、自分の愛人たちを自慢げに見せびらかす気持ちが光源氏にはあるんですね。なんとも腹立たしい。

角田　さすがに憎たらしいですね。紫の上にちらりと見えるところで衣装を選んでいるのがまた残酷にも感じます。

山本　紫の上がいちばん厳しい目を注いでいるのが、明石の御方に着物を配るところです。

梅の折枝、蝶《てふ》、鳥飛びちがひ、唐めいたる白き小袿《こうちき》に濃きが艶やかなる重ねて、明石の御方に、思ひやり気高きを、上はめざましと見たまふ。

（梅の折枝に蝶と鳥が飛び交う、唐風の白い小袿に、紫の艶やかなものを重ねて、明石の御方のものとされると、高雅な佇いが想像されて、紫の上は侮辱されたように感じた）

白と紫は、高貴な取り合わせなんですね。紫の上は「めざましと見たまふ」、つまり

「目障りな人だ」と思っている。「明石の田舎者で身分が低い女だと夫は言っていたのに、こんな高貴な色のものを与えるのか」と思うと穏やかでいられなかったのだと思います。

角田　「めざまし」の意味が奥深いです。紫の上が使う表現でないような気がするので、なおのこと「めざまし」が強調されますね。

山本　こんなところに、「本音！　紫の上」はちらりと顔を覗かせているんですね。

豊臣秀吉も注釈書を書写

山本　女性たちが登場人物に自分を重ねたり、登場人物に憧れたりという読み方は、『源氏物語』から二十年足らずの時点で、『更級日記《さらしな》』に書かれています。そうした素直な読み方の一方で、『源氏物語』は権威化された歴史があります。

一一九二年頃の六百番歌合《うたあわせ》で、「源氏見ざる歌詠みは遺恨の事なり」と藤原俊成《ふじわらのしゅんぜい》が言いました。『源氏物語』を読まない歌詠みは残念なことだ、『源氏物語』の言葉や場面が和歌の世界にとって必要である、と言ったんですね。当時の藤原俊成は和歌界の革命児でしたから、歌詠みたちは「ならば『源氏物語』を読まなければ！」となったんです。

和歌は、漢詩・漢文の次に格式が高いジャンルで、男女ともに参加できるものでした。

物語は最も格式が低かったのですが、『源氏物語』だけが引き上げられて、格式の高い世界に参入することになりました。

角田　文学に限らず、きっと芸術はジャンルごとに、時代によって格式が入れ替わるんですね。

山本　そうですね。政治との関わりで変わることもありますよね。

六百番歌合の当時は源平合戦の頃です。武士が軍事面から台頭して、朝廷の権力がしだいに弱まり、権力が細分化していく時代でした。そんななか、貴族たちは最後のよすがのように自分たちの文化にしがみつきます。その最たるもののひとつが和歌であり、和歌を支えるものとして『源氏物語』がどんどん権威化されていきます。『源氏物語』は、貴族文化を守るために必要な参考書であり、貴族たちのアイデンティティを保証するものとして伝承されていきます。同時に、貴族に擦り寄りたい武将たちにとっては、貴族文化の庇護者としての自分を権威づけるためのものとなりました。

ちなみに、『源氏物語』発生の経緯が書かれた、『源氏物語のおこり』という文書があります。中世に成立したとされる文書ですが、これを豊臣秀吉が直筆で書き写したものが残っているんですよ。秀吉は冒頭から書写していくのですが、途中で忙しくなってしまったのか、途絶えてしまって。空白のページが続いたあと、未完で終わっています。その後、秀吉とは別のとてもきれいな筆跡の奥書が付けられていて、「この注釈書はもともと私が持っていたのですが、ある女童に贈ったところ、秀吉様が盗み出し、ご自分で書写して途中までお書きになったものです」とあります。この奥書を書いた人物は近衛稙家《たねいえ》の娘の慶《けい》福院花屋玉栄《ふくいんかおくぎょくえい》で、『源氏物語』の研究史上では珍しく女性で、『花屋抄《かおくしょう》』『玉栄集《ぎょくえいしゅう》』などの注釈書を書いた人です。

『湖月抄』、そして海外へと

角田　政治的な流れとは別に、菅原孝標女《すがわらのたかすえのむすめ》のように心を寄せる読み方は続いていたのでしょうか？

山本　ええ。それが一挙に庶民にまで広がるきっかけとなったのが江戸時代、北村季《きたむらき》吟《ぎん》による『湖月抄《こげつしょう》』（一六七三年）という注釈書です。『湖月抄』には、『源氏物語』の本文のほか、いくつかの注釈もついていて理解しやすいんですね。この流れが、『源氏物語』を換骨奪胎した『偐紫　田舎源氏《にせむらさきいなかげんじ》』（一八二九年～一八四二年）などにも派生していきます。

角田　もう貴族文化だけのものではなくなって、庶民の庶民による『源氏物語』が二次創作されていったんですね。
山本　そうやって読者層ががらりと変わったときにも、『源氏物語』の魅力は失せないんですね。
角田　近代に入り、明治時代以降も、『源氏物語』の読み方に変化があるんでしょうか?
山本　実のところ、いちばんの危機は明治時代以降だったと思います。
明治政府は日本を近代国家にするため、富国強兵を掲げて軍備を拡大します。それにともない、天皇のイメージも男らしくなければならなくなった。平安文化は柔弱で「女々《めめ》しい」という偏見の目で見られました。さらに大正から昭和の戦時下では、万世一系の天皇が統治するという国家観が強化されます。ですから、主人公が天皇の妻と不倫するなどということが書かれた『源氏物語』はとんでもないという事態になってしまいました。
角田　よくそこで根絶やしにされませんでしたね。
山本　ええ、その時代にも、『源氏物語』は教科書に載り続けたんです。そこには、なんとかして日本文化を語り継ぎたいという、国文学者たちの思いがありました。若紫が登場して「雀の子を犬君が逃がしつる」と純真に泣く人畜無害な場面などを教科書に選ぶことで、かろうじて『源氏物語』の息を絶やさないようにしたんですね。

同じ頃、ニューヨークの古書店で、『源氏物語』の訳書を見つけた人がいました。一九二〇年代にアーサー・ウェイリーが訳した『源氏物語』を、ドナルド・キーンさんが見つけた。アメリカには武力で押し切る文化しかないと考え嫌気がさしていたキーンさんは、手紙に花を添えて送り合う平安人《びと》たちのことを知り、こんなに美しい世界があるのかと驚いたそうです。軍国主義の日本で否定されていた『源氏物語』が、敵国であるアメリカで一人の若者の心を揺さぶり、彼がやがて日本文学研究者になってくれた。不思議なめぐり合わせを感じます。

角田　なるほど、だから「犬君」の場面は誰でも知っているんですね。私も高校時代に習ってすごく印象に残っています。現代語訳をやったあとは、他におもしろい場面、印象的な箇所はたくさんあるのに、なぜ犬君？　と疑問だったのですが、今、謎がとけました。

『源氏物語』のなかの和歌

角田　「源氏見ざる歌詠みは遺恨の事なり」というのは、『源氏物語』に出てくる和歌がそれぞれに、和歌として優れているということでしょうか？

山本　そこは解釈が分かれます。和歌の研究者たちのなかでは、俊成が評価したのは、歌そのものではなく、場面の作り方や、そこから歌が抽出されていく雰囲気であったとされています。

具体的にお話ししましょう。

六百番歌合で、左方《さほう》（左チーム）の藤原良経《よしつね》（作者名は「女房」と記されています）は「草の原」という言葉を用いて和歌を詠みました。

見し秋を何に残さむ草の原ひとへに変る野辺のけしきに

（あの秋の思い出をどうやって残そう。野辺の景色は一斉に冬枯れの草の原へと変わってしまったのに）

これに対して反対チームの右方《うほう》の歌詠みたちは、「草の原」という言葉は聞こえが悪いと、良経の歌をなじりました。ところが判者の俊成が、「草の原」は「艶《えん》」な言葉なのだと説き、「『源氏物語』の「花宴《はなのえん》」は特に艶な帖だ、『源氏物語』を読まない歌詠みは残念なことだ」と、歌詠みたちの無知を批判しました。

「花宴」で、「草の原」という言葉が使われる艶な場面とは、朧月夜が光源氏と一夜の契りを結んだあと、別れるときに歌を詠むところです。

うき身世にやがて消えなば尋ねても草の原をば問はじとや思ふ
（苦しむ私がこの世からこのまま消えてしまったら、あなたは私を捜して草葉の蔭まで来てはくださらないのね。名前を名乗らなかったと言って）

一夜の契りを結んだ女が「思いがあるなら、私のことを草葉の蔭まで探してちょうだい」と言い残し、名前を告げずに去っていく。
俊成に批判された歌詠みたちは、言葉の表面だけで歌をわかった気になってはいけないのだと、すっかりまいってしまいます。それから、和歌の世界で一気に『源氏物語』熱が高まりました。

角田　和歌を専門にする知人が、『源氏物語』は、キャラクターの性格や教養レベルに合わせて歌を詠み分けているのが素晴らしいと言っていました。
末摘花の和歌がよい例ですね。現代の私が読んでも、野暮ったい歌だとわかります。
それから「帚木」で、漢学者の娘がニンニクを歌に詠みますよね。ニンニクは中国から漢方薬として伝わったものだから、彼女には体調が悪いときにニンニクを食べる習慣があったのかもしれない。紫式部はキャラクターの背景を歌に書き込んでいるんですね。

「逢ふことの夜《よ》をし隔てぬ仲ならばひる間もなにかまばゆからまし」

（毎晩のように逢っている仲でしたら、昼間——蒜《ひる》〈ニンニク〉の匂いのする間でも、なんの恥ずかしいことがありましょう）

山本　その和歌の直前で、彼女はとても漢文っぽいセリフも語っているんですよね。

「月ごろ風病重きにたへかねて、極熱の草薬を服して、いと臭きによりなむえ対面賜らぬ」

（この数カ月、風病が重いのに堪えかねて、解熱の薬草を服用し、それが大変に臭いので、対面致しかねます）

漢語の熟語をたくさん使っていますね。漢学者の娘だからこその言葉遣いです。

彼女はこの場面だけに出てくる端役ですけれども、キャラクターがよく立ち上がっています。背景や教養レベルが異なる人々それぞれの歌を詠めたのは、紫式部が器用だったということですよね。

角田　「光る君へ」で、紫式部が歌の代筆をする場面がありました。あれは実際にあったことなのでしょうか?

山本　出仕した後に、彰子の代作をしたことはありました。和歌の世界では代作はよくあることでした。その人の状況を聞いて、それに合わせて代わって詠むことは、ひとつの方法としてあったんですね。清少納言の父・清原元輔《きよはらのもとすけ》の和歌集には「人に代はりて」という詞書《ことばがき》がよく出てきますし、赤染衛門《あかぞめえもん》もそうです。

角田　紫式部は、漢学も和歌も知識があって、流行に敏感で、今何がイケていて何がダサいかも知っている。知識の広さがあってこそ、いろんな人たちの歌が幅広く詠めたんでしょうね。

山本　あまりにも質・量ともに博識なので、『源氏物語』は紫式部一人ではなく、プロジェクトチームで作ったのだという説もあります。といっても、それを示す史料や証言はなく、紫式部の名しか伝わっていない。そのことが、『源氏物語』がプロジェクトチームが作ったのではないことを、逆に証明しているように思います。

角田　同感です。私としては、いろいろな資料を用意してもらうことはあっても、書いたのは紫式部であると思っています。

疫病は描かなかった

角田　道長の時代に疫病が流行りますね。人がどんどん死んでいく。その時代を紫式部も生きていたはずなのに、『源氏物語』には疫病が出てこないですよね。

山本　確かにそうですね。「若紫」帖の光源氏が「瘧病《わらはやみ》にわづらひたまひて」（わらわ病を患われて）という一言くらいで、疫病で死んでしまった人は出てきませんね。

角田　「わらわやみ」は、マラリアのことでしょうか？

山本　「マラリアに似た病気」と説明されることが多く、完全に特定はできないらしいです。「若紫」で、光源氏は何度か発作を起こしたり、加持を行なったらしばらく次の発作が起こらなかったりしますね。マラリアは、朝と夕に熱が出るらしく、その症状とよく似た記述があるので、概《おおむ》ねマラリアだろうと推測されています。

角田　今の自分に当てはめると、コロナ禍のことや東日本大震災のことを、作中で書きたくなる気がするんです。

山本　そうですね。鎌倉時代の随筆の『方丈記《ほうじょうき》』には、日照りや洪水で飢饉が起きたり、火事や地震で大勢の犠牲者が出たりと、生々しい描写があります。けれども『源氏物語』には、疫病は「わらわやみ」が一箇所と、自然災害は「野分《のわき》」帖の台風と、「明石」の高潮――「物のさとし（何かの前兆）」として出てくる高潮なので、自然災害とは言いがたいですが――、それくらいしか思い浮かびません。

角田　随筆だったら入れざるをえないけれど、フィクションだから、それが起こらなかった世界を描ける。そんなふうに考えたのかもしれないですね。

山本　そうですね。ちなみに、『枕草子』にも疫病がほとんど出てきませんが、それには理由があったようです。

清少納言の父である清原元輔は、肥後守《ひごのかみ》として九州に赴任しました。数年後、九州で疫病が流行します。肥後の近くの筑前《ちくぜん》では、一族郎党のうち三十人ほどが亡くなり、辞任して都に帰ってしまった守がいたそうです。元輔は八十三歳という高齢で亡くなるのですが、やはり疫病に罹ったのだろうと言われています。ですから清少納言は疫病を書けなかったのではないかと考えられています。書けば、「をかし」でなく「あはれ」が募ってしまうんですね。

角田　なるほど。

山本　さらに余談ですが、都に帰ってしまった守のかわりに筑前守に着任したのが、のちに紫式部の夫になる藤原宣孝《のぶたか》です。そのときのことを、清少納言が『枕草子』に書いています。

角田　人物がそんなふうにつながっているんですか。

山本　宣孝は九州から帰京した後に紫式部と結婚しましたが、最期は宣孝も疫病で死んだと言われています。だから、紫式部も疫病を書けなかったのでしょうか。ちょっと引きつけすぎかもしれませんが。

角田　いえ。でも、考えてみるのはおもしろいです。世相なら書いたかもしれなくても、身近な人の死が絡むと書けない、いやむしろ書かない。推測にすぎませんが、その気持ちはわかります。

権威があった易占

角田　『源氏物語』には人相見や夢占いが出てきます。でも当時と現代では、占いの感覚がまったく違うんですね。

『源氏物語の時代』を読んで驚きました。道長が大江匡衡《おおえのまさひら》を呼んで、一条天皇の病状について易占《えきせん》をさせると、もうすぐ死ぬという結果が出る。道長は一条に退位してほしかったのに、結果を聞いて泣きに泣くんですね。道長の泣き声を聞きつけて、一条が几帳《きちょう》の隙間から覗き見る。すると占いの結果が見えてしまい、一条は自分の死を悟ります。せっかく一条の病状は回復に向かっていたのに、一カ月ほどして本当に死んでしまうという、とんでもない話です。

山本　大江と菅原という家は、漢学の二大名家なんですね。大江匡衡は大江家を率いる漢学者です。彼が易占をしたら「豊《ほう》の明夷《めいい》」という卦《け》が出た。これは「醍醐《だいご》天皇・村上天皇が死病にかかったときにも出た卦であり、加えてその年は『三合厄《さんごうやく》』という大凶の年でもある」ので、匡衡自身もうろたえます。そして占いの結果に押し流されるようにして、一条は死んでしまった。

これが、作り話ではないことに驚きます。易占が行なわれた翌々日、天皇が藤原行成《ゆきなり》に当日のことを語り、行成が日記（『権記《ごんき》』）に書き残しています。まるで小説ですよね。

角田　本当にそうですね。心の機微が現実を動かしていく、小説より奇なりと言いたくなるドラマチックさです。

山本　道長のとても感情的な性格もわかりますし、死を受け入れてしまう一条の繊細さもわかりますね。

角田　はい、道長の激しい人間性は、やっぱり憎めないと思ってしまいます。

当時、これほど占いが強い影響力をもっていたのかと、驚きました。実際に命を縮めてしまうくらい強力なものだったんですよね。今だったら、一条のように死を示すような結果を見ても、ショックは受けるけれども脅威ではないと思います。

当時の人にとって、占いというのは、今の科学に近い、真実のようなものだったんでしょうか？

山本　まず一条が信じてしまった理由として、大江匡衡が行なったのが易占だったということが大きいです。易占は四書五経のひとつの『易経』にもとづく占いで、ある意味では、公的な権威がありました。一条は政治的な決定にも易占を用いていましたから、易占を信じることは彼の基本姿勢だったんです。

易占に比べると、民間で行なわれる夢占いや私的な祈禱は、適当に信じたり信じなかったりされています。

角田　占いにも種類や格式がたくさんあったんですね。

山本　ええ。『源氏物語』の「桐壺《きりつぼ》」で、高麗《こうらい》の人相見が光源氏を占いますね。朝鮮半島から来たということは、中国の先進的な人相見の技術をもっているわけです。この人相見が「この子は天皇の人相をしているが、そうなれば世の中が乱れる」ということを言った。帝《みかど》は、実はすでに大和相《やまとそう》にも占わせています。大和相は日本のもので、権威としては先進国の中国や朝鮮半島よりも一段劣りますが、それでも帝は自分たちの土着のものとして占わせていた。すると両者の結果が合致します。帝は、「人相見とはなかなかのものだ」と評価して、さらに宿曜《すくよう》に占わせる。宿曜とは星占いです。これも結果が合致しました。「この子を天皇にしたら不幸になる」という未来を、三つの異なる占いで補強しているところに帝の光源氏への愛情が見てとれて、紫式部はさすがだと思います。

夢のお告げは口にしない

角田　そういった権威ある占いと、「若菜《わかな》　上」で明石の入道《にゅうどう》が打ち明ける夢のお告げみたいなものは、まったく別物なんですね。

山本　そうだと思います。夢占いは個人的なものですが、しだいに一般化するにつれ、専門家から素人までが夢を解釈するようになります。ですから、占い師しだいで解釈が大きく変わってしまうんですね。

ところで、見た夢を口にしたときに、その夢をまぜかえす人がいたら正夢ではなくなる、と当時は信じられていました。歴史物語の『大鏡』で、道長の祖父である藤原師輔《もろすけ》が言います。

「夢に、朱雀門《すざくもん》の前に、左右の足を西東の大宮にさしやりて、北向きにて内裏を抱きて立てりとなむ見えつる」

(夢のなかで、私は朱雀門の前で、左右の足を西東の大宮大路に広げ、北向きに内裏《だいり》を抱えて立っていたよ)

宮廷を支配する人間になれる、という夢なんですね。ところが女房が「いかに御股痛くおはしましつらむ」(どんなに御股が痛かったでしょう)と言う。それで師輔の夢は叶わなくなって、彼自身は摂政・関白になれなかったというお話です。大笑いしちゃいますよね。

角田　人に話したら夢は消えてしまう。だから、明石の入道は夢のことを、「若菜　上」

まで黙っていたわけですね。

山本　そうですね。

「若紫」では、藤壺が懐妊したとき、光源氏に夢のお告げがありますね。

光源氏の子を懐妊した藤壺はとても苦悩しますが、光源氏はその事実を知りません。藤壺は、お腹にいるのは桐壺帝の子であるとまわりに信じてもらうために、妊娠三カ月のところを、妊娠五カ月だと嘘をついて公表します。そのくだりの後です。

　中将の君も、おどろおどろしうさま異なる夢を見たまひて、合はする者を召して問はせたまへば、及びなう思しもかけぬ筋のことを合はせけり。

（光源氏は恐ろしい夢を見たので、夢占い師を呼んで尋ねると、結果は思い及びもつかないようなことだった）

角田　恐ろしい夢。

山本　明言されていませんが、夢占い師は子どもが生まれて帝になるという内容のことを言ったのでしょう。

続いて「その中に違《たが》ひ目ありて、つつしませたまふべきことなむはべる」（しかし順調にそこへお達しになるためには、謹慎しなければならないことがあります）と夢占い師が言う。すると光源氏は、「みづからの夢にはあらず、人の御事を語るなり。この夢合ふまで、また人にまねぶな」（私の夢ではない。とある人の夢を解いてもらったのだ。この占いが本当のことになるかわかるまでは、誰にも口外するな）と、動揺します。

角田　こんなところに夢占いの人を出して、伏線を張っていたんですね。

山本　ええ。光源氏はこの占いの結果が気になって、一体どういう意味なんだろうとずっと思っていたので、藤壺が子を産んだとき、もしかしたら自分の子かもしれないと推測しているわけです。

角田　当時の人にとって、夢は、気がかりなものであり、不確かで曖昧なものでもあったんですね。

三平方の定理で証明

山本　占いもそうですけれども、当時の常識で今の私たちにはわからなくなってしまったことが、平安時代にはたくさんあります。

たとえば牛車。どういうふうに乗ったのだろう。どんな乗り心地だったのだろう。「車争い」のとき、六条御息所《ろくじょうのみやすどころ》の牛車が後ろに追いやられるというのはどういう感覚だったのだろう。今の自動車などに置き換えて理解しようとしても、なかなか及ばないところがあります。

私たちは、古典文学を読むとき、自分にとって未体験のものを読んでいる。作品と私たちの時間が隔たれば隔たるほど、理解が及びにくくなる。ですから、研究者が手助けをすることが、ますます必要になっていると思います。逆にいえば、適切な解説さえ施されれば目から鱗が落ちておもしろく読める余地が、古典文学にはいっぱいあるのでしょう。

角田　「若菜　上」で、女三《おんなさん》の宮《みや》のところで飼われていた二匹の猫がじゃれ合ううちに御簾《みす》を引き上げてしまって、御簾のすぐ内側にいた女三の宮が、庭にいた柏木《かしわぎ》に姿を見られてしまう場面があります。

私はあまり気にせずに訳してしまったんですが、よくよく注釈を読むと、当時の女性は立っていること自体が珍しいことだったんですね。ですから、女三の宮が御簾の内側で立っていたというのは、庭で夕霧と柏木が蹴鞠《けまり》をして遊んでいるのが楽しそうで、我慢できずに立って見ていた女三の宮の幼さを意味しているんですね。「立っていた」という一言に、これだけの情報が入っていることに驚きます。

山本　当時の女性は、基本的に横座りか、立て膝で座っています。特に姫君は室内の奥のほうにいるので、女三の宮が御簾のすぐ内側まで出てくるというのは、とても珍しいことなんです。

この場面を、建物の構造からとらえた研究があります。夕霧の位置から柏木の位置を推測し、柏木と女三の宮の距離を割り出す。発掘調査によって、当時の寝殿造は柱間約三メートルとわかっていたので、階の高さなども計算に入れ、三平方の定理を使えば二人の位置関係がわかります。結果として、柏木と女三の宮の距離はわずか四〜五メートル。女三の宮の全身をはっきり見てとれるくらいの近さでした。実際、この場面で、柏木が女三の宮を見たのは一瞬のことだったにもかかわらず、女三の宮の装束や髪の毛の長さなど、舐め回すように目に焼き付けていますよね。

角田　すごい。研究って恐ろしいですね。

山本　柏木には上昇志向があり、内親王《ないしんのう》である女三の宮さえ手に入れば自分の権威づけになると考え、ずっと女三の宮に求婚してきました。けれども、初めて女三の宮の身体というものを見せられた瞬間、権威への観念的な憧れが、ひとりの生身の女性に対する恋心に変わった。これは三平方の定理を使ってでも、生々しく読まなければいけない場面でしたね。そういう重要なことがわかる場面が他にもいっぱいあるかもしれません。

角田　ただ読んでいるだけでは気づかないことがたくさんあるんですね。だからこそ多岐にわたる研究があるのかと気が遠くなります。

山本　角田さんは小説をお書きになるとき、たとえば建物の平面図を描いて、「この人は玄関から入ってきて、窓辺に移動して外を眺める」というふうに場面を作っていきますか？

角田　いえ、私はそれが苦手なんです。でも、やっぱり最初に間取り図を描いておかないと、辻褄が合わなくなることがありますね。なかには、小説家が文章で書いていく間取りがあまりに辻褄が合わないので、編集者のほうで間取り図を描いて共有するみたいなことがあるらしいです。

先ほどのお話からすると、『源氏物語』の物語はフィクションだけれども、間取りや舞台はかなり正確なんですね。

山本　そうですね。猫事件の場面は特にそうです。

六条御息所の年齢のように、物語を書き進めるうちに辻褄が合わなくなったものもありますが。

角田　それが目立ってしまうくらい、整合性のつかないところが少ないですよね。これほどの長編ならもっとあっても普通ですし、もっとあってほしいと私は思ったりもします。

山本　整合性がつかないポイントを抜き出して調べるという、ちょっと意地悪に思える研究もあるんです。整合性がつかないポイントこそ、『源氏物語』がある一人の作者によって作られた証拠だとも言えるためです。

角田　たしかに今は単行本化や文庫化などの段階で修正できますが、当時はそうはいかないですよね。

六条御息所をちょっと登場させたけど、この人物にはもっと物語が必要だという思いが紫式部に湧き上がり、物語がどんどん膨らんでいくなかで、整合性がつかなくなった。そういう跡かもしれません。

平安の語彙「あはれ」「をかし」

山本　語彙に関してですと、意味がわからなくなってしまった装束用語がたくさんあります。研究者のなかには、実際に装束を作って着てみたりする方もいます。物として再現しながら、言葉の意味するところにたどり着くんですね。

衣服、それから建物や乗り物など、暮らしの風俗はすぐに移り変わってしまいます。平成の頃に流行った玩具「たまごっち」も、今は昔という感じですよね。そんなふうに、あるとき熱をもって豊かに語られる語彙も、時流が移るとたんに死語になってしまう。

ちなみに、十二単《じゅうにひとえ》という語彙は、平安時代にはありませんでした。当時の正装だった女房装束を指す、後世の呼び名です。

角田　そうなんですか。まるで当時から言われていたように錯覚しやすい語彙ですね。

山本　貴族文化は、とても狭い範囲の人たちだけに語り伝えられていて、大多数の一般人には別世界のものでした。ですから後世に復元しようとしてもできないものがたくさんあります。

先にお話しした、「玉鬘」の衣配りの一節である、「梅の折枝、蝶、鳥飛びちがひ、唐めいたる白き小袿に濃きが艶やかなる重ねて」もそうです。「白き」は白、「濃き」は紫というのはわかりやすいですね。でも「梅の折枝、蝶、鳥飛びちがひ」は、模様なのか、染めなのか、織りなのか、刺繍なのか。あるいはブローチなのか、わかりません。

角田　当時、ブローチがあったんですか？

山本　ええ、当時最先端の装具でした。『紫式部日記』にはシルバーのブローチが出てくるんですよ。

角田　へえ、すごい。

山本　このように風俗や衣食住については、わからなくなってしまった語彙が多いです。角田さん、訳されるのが大変だったんじゃありませんか？　ほかにもたとえば、感情をあらわす「あはれ」なんて、しょっちゅう出てきますよね。

角田　「あはれ」は大変でした。

山本　当時、「あはれ」はとても使いやすい語だったんでしょうね。「ああ……」と何かを感じたときには、「あはれ」の一語で表現できてしまう。今はもっと感情の語彙が細分化されているのかもしれません。

紫の上が思う、「女ばかり、身をもてなすさまもところせう、あはれなるべきものはなし」。この「あはれ」なんて、「可哀想だ」とも「痛ましい」とも「気の毒だ」とも、あるいは「ああ！」と叫び出すような情感とも読めますが、ここは意味を限定してはいけないようにも思うんです。角田さんは「あわれだ」とストレートに訳されていましたね。

角田　「女ばかり」、というその女のなかに、そう思っている紫の上自身も含まれていると私は無意識に捉えていて、誰かが可哀想だというよりも、女に生まれたことそのものが、あわれだ、という言葉しかないように思ったのかな……。

山本　そうですね。ここは「あはれ」と訳すしかないと考えたり、でもやっぱり「可哀想だ」と訳したくなったり、心が揺れるところです。

時代とともに、意味が変わった語彙もありますね。「やばい」は、もともと否定的な意味の「危ない」でしたが、今では肯定的な「かっこいい」なども意味するように変わりました。「すごい」も、もとは「荒涼としていて恐ろしい」という意味でしたが、今では「素晴らしい」「偉い」という意味で、褒め言葉として使ったりしますね。特に形容詞や副詞は、否定的な意味から肯定的な意味に転化する例が多いです。

角田　「をかし」も、たくさん出てきて難しかったです。「おもしろい」、「美しい」、「滑稽だ」、「素晴らしい」、「興味深い」……。一体どの意味なのだろうと。

山本　「をかし」も難しいですね。これが訳することのつらさなんですけれども、訳者の考えで「をかし」の意味を決めてしまうと、読者の読みを限定してしまうことになってしまう。

「いまめかし」は「チャラい」？

角田　「いまめかし」も困りました。「現代風」という意味だけれど、「現代風」という言葉が現代風すぎて、急に現代の視点からの語りになってしまいます。「今っぽい」というのも……。

山本　意味はぴったり合っているけれども、「っぽい」が訳文全体をカジュアルにしてしまうんですよね。国文学研究者は「当世風」をよく使います。

角田　たしかに、よく使われていますね。

山本　でも、「当世風」は言葉が古臭いですよね。普段まったく使われることのない言葉で、文章がぎこちなくなります。「いまめかし」は、本当にいい訳語がみつかりません。

歴史物語の『栄花物語』で、定子とその一族は「いまめかし」と評されています。ここでは、悪口として使われているんですよね。「いまめかし」が意味する「モダン」というのは、流行の最先端だけれども、裏を返せば、軽さがあって格式に欠けるという意味を含んでいます。

角田　「チャラい」ですね（笑）？

山本　まさにそう、「チャラい」です（笑）。

角田　「人笑へ」や「物笑ひ」を、「笑い者」と訳していいのかも、すごく悩みました。たとえば、私が何かしくじって笑い者になる。「人笑へ」や「物笑ひ」というのは、私のしくじりが一人歩きしてみんなの笑いの種になって、「こんなしくじりをした人がいるんだよ」と言われることですよね。それは、「私」が笑われるということとは違うのではないか、と。
　最初はわかりやすく「笑い者になる」と書いていたんですけど、「笑いの種になる」のほうがいいだろうか、それも違うのではないかと思って、迷宮に入り込んでしまいました。

山本　たしかに「笑い者になる」よりも「笑いの種になる」のほうが、「私」と「笑い」を少し離すことができますね。
『源氏物語』の登場人物たちは、常に世間のことを気にしています。ですから、「こういう行動はやめておこう」と自制するときや、「こんなふうになったらどうしようか」と怯えるときなど、「人笑へ」「物笑ひ」という言葉がしばしば出てきます。

角田　恋心を抑えたり、関係がばれることを恐れたり。

山本　そういった社会通念が今とは違うので、訳すのが、より難しいかもしれません。

倫子は行動でプライドを示した

山本　平安時代と今では、世間に対する感覚は大きく違います。ですから、はたして今の世間しか知らない私が、『源氏物語』の登場人物たちが世間から受けていた呪縛をきちんと解釈できているのだろうかと、常にもどかしい思いがあります。でも、私たちは平安時代を生きていないので、すべてを再現する現代語訳なんてできないんですよね。

角田　「私がこうしたい」よりも、「世間にどう見られるか」が行動基準として大きい時代なのかなと思いました。だから『源氏物語』では、自分がどうしたいかがあまり問題にされていないのかと。

山本　そうだと思います。階層や立場による違いもありますね。

たとえば彰子は、天皇の中宮になることが生まれる前から父によって決められていて、彰子自身の「私がこうしたい」という余地は結婚についてはまったくありません。対して紫式部は、父は受領《ずりよう》階級で、家は貧しく、紫式部がどのように生きようが世間からそれほど頓着されない。そこに紫式部の意志が入り込む余地が生れます。

もっと違うのが、女房たちです。『源氏物語』に書かれているとおり、女房たちは、光源氏の召人《めしうど》になったり、光源氏に女君を紹介したりと、社会のネットワークのなかで自由に活躍するキャリアウーマンです。一方で、女房はなかなか正妻にしてもらえないという社会構造があります。彼女たちは「女房」という固有の文化や常識を生きているとも言えます。

社会のどの階級や立場に属するかによって、世間にどう呪縛されるのか、個我をどれくらい出していいのか、そういった度合いが異なります。ですから彰子のような后妃は、入内するかしないかは自分で選べないけれども、入内した後は自分の生き方を模索するようになるんですね。

角田　単純に「この時代だから」「女性だから」と括れるものではないのですね。

ただちょっと思うのは、『源氏物語』に描かれることでもあり、昔からよく言われてきた男女のあり方ですけれども。女性は男性が来るのを待っていて、いざ男性が来たら、それを断ることも招き入れることもできるけれども、一度関係ができてしまったら女性の選択肢がなくなってしまって、男性がまた来るなら関係が続くし、男性が来なければ関係は終わり。それから、父や夫、誰に拠るか、拠った相手の運命が女性の運命にも大きくかかわる……ある種の男性優位といえる関係は日本には長くあったように思います。

山本　そうですね。

角田　だから、読み方も自然と男性優位なものが多かったのかなと思ってしまいます。一九九〇年以降女性の研究者が出てきて『源氏物語』の読み方がどんどん変わっているということに、期待があります。

山本先生も『道長ものがたり』に書かれていましたね。紫式部と道長が交わした和歌から、二人は恋仲だったと断定されてきたのだ、と。あるいは、皇子の誕生五十日祝いの祝宴で、道長の正妻である倫子《りんし／みちこ／ともこ》がふいに席を立ったことについて、道長と紫式部の関係への嫉妬から倫子はそうしたのだ、と。長い間そういう読み方が一般的だったけれども、山本先生は新しい読み方をされていました。

山本　倫子は、血統も高貴で財産も道長より多く持ち、娘の彰子のために内裏に出入りするなど、積極的に前に出て貢献した女性です。彼女は祝宴の席で道長が言ったことを受けて席を立ったんですね。『紫式部日記』（寛弘五年十一月一日）にそのときのことが書かれていますが、道長は酔って妻の倫子にこう言いました。

「宮の御てゝにてまろわろからず、まろが娘にて宮わろくおはしまさず。母もまた幸ひありと思ひて、笑ひ給ふめり。よい男は持たりかしと思ひたんめり」

（中宮の父さんとして、まろはなかなかのものだ。また、まろの娘として、中宮はなかなかでおられる。母もまた、運が良かったと思って笑っておられる様子。いい夫を持ったことよと思っていると見える）

道長は、最高権力者として彰子を支えてきた自分と、皇太子候補を産んだ彰子とを讃えているのですが、それは自分に対する「我《われ》ぼめ」でもあり、要するに「俺を褒めてくれ」というわけですね。

角田　それに対して、倫子は席を立つことで、自分のプライドを行動で示したのだ。そんなふうに山本先生は読まれていました。その箇所を読みながら、きっと倫子は、「何を自分ひとりの手柄だと思ってやがるんだ！　宇多源氏の娘である私の引きがあってこそ、お前はこの地位にいるんだろ！　ただの幸人が何を抜かす！」と思ったに違いない、と私が興奮してしまいました（笑）。

山本　それは痛快。「本音！　倫子」ですね（笑）。

「昭和男性的」な読み方からの解放

角田　語弊があるかもしれませんが、「男性的」な読み方が、「倫子はどうせ嫉妬していたんだろう」という解釈を生み支えてきたと思うんです。でもそうではなく、倫子の自我による行動だったという新しい読みが出てきて、世界が揺らぐ。とてもおもしろいですね。

山本　倫子が嫉妬したのだろうと解釈したのは、萩谷朴《はぎたにぼく》（一九一七〜二〇〇九）氏でした。萩谷氏は、『紫式部日記』の詳細な研究をされたり、『枕草子』（新潮日本古典集成）の校注で日本文学大賞を受賞されたりと、古典研究の世界で燦然と輝く大家です。

でも、氏の『紫式部日記全注釈』を見ると、現在は違和感を禁じ得ない部分があります。倫子は「元来年上の妻として（他の妻たちに）追われる立場にあった」、紫式部に嫉妬するところには、「更年期も近い女性心理のすさまじさが目に見えるようである」などと、古い時代にお定まりの見方が書かれています。それはおかしい、と私には感じられるんですね。むしろ笑えるのですが、笑って済ませてはいけないと思うんです。

確かに、『源氏物語』で光源氏が十二歳の時に十六歳で正妻になった葵の上は、四年の年齢差を気にしたと記されています。でもそれがすべてではありません。史実では、夫に最優先で愛された年上の妻は、平安時代にたくさんいます。定子をはじめ、天皇の妻にもいました。おそらく萩谷氏の解釈には、昭和頃の感覚、つまり「男が年上、女が年下。男が前を歩き、女は三歩下がる」という社会通念が、読み方に入り込んでしまったのではないかと思うんですね。

萩谷氏は、別の箇所では「権力者の妻室は、自分が女性としての魅力を喪失してしまうような年齢に達した時には、……若い女性を側妾として夫に勧めるような習わしさえあった」と記しています。「床離れ」や「床下がり」といって、夫との性関係を止めたという説で、だから倫子は道長との性的関係を遠慮するのが当然だったのだと。

私は「床離れ」説を高校時代に知って、ではなぜ『蜻蛉日記《かげろう》』の藤原道綱母《みちつなのはは》は二十年もの間嫉妬しているのだろう、制度によって性的関係にさよならすることが決まっているのならいつまでも執着したりしないだろうに、と思いました。ちなみに倫子は四十四歳で出産しており、高齢出産は当時そう珍しくありませんでした。

角田　「床下がり」ですか。初めて聞きました。

山本　特にジェンダーやセクシュアリティに関する研究には、「男性的」な思い込みによる誤った蓄積があります。そういったところを検証しながら更新していけば、より真実に近づいていけると思っています。

角田　「昭和男性的」な基準によって改変させられ、押しつけられてきた読み方があるとするならば、たしかに、それを取り払ったほうが、平安時代の人々の精神性が理解しやすくなるかもしれない。

山本　もう一方では、「女性」研究者や若い読者、海外の読者が増えてくると、「非男性の読み方」や「今の読み方」「異文化からの読み方」が出てきますよね。そんなふうに『源氏物語』の解釈がますます多様化していくことを、私は楽しみにしています。

角田　世間という話に戻ると、今でも世間からまったく自由に生きている人はいないにしろ、それぞれの「世間」から『源氏物語』を読むおもしろさがあるのかもしれない。

山本　そうですね。明治、大正、昭和、平成、令和というなかでも、自分が世間の目のなかにどのようにからめとられているのかという感覚は、変わってきたと思います。新しく読むことの喜びに、これからも踏み出していきたいですね。

今、『源氏物語』を読むということ

角田　『源氏物語』を今、どんなふうに読んでいけるでしょうか?

山本　私は読者が自由に読めばいいと思っています。私自身はといえば、紫式部が書こうとしたのは、人の生きにくさだと思っています。女性に限らず、人間はみんな生きにくい。そうした思いが千年前からあったということを、『源氏物語』のなかに見出しています。

角田　けっしてハッピーな物語ではないものが、なぜ千年間も残されてきたのだろう。そう考えてみると、やっぱり私たちは、人の生き死にの間にあるものが見たいんだと思います。人がどうやって生きるのか。何を思い、どう動いたら、どんな裁きがあるのか。そういう因果も含めて見たい。きっと『源氏物語』には、それが書かれているんですよね。

山本　そうですね。

角田　善いことをしたから幸せになれるかと言ったら、そうでもない。権力をもったから幸せになれるかと言ったら、そうでもない。「愛は人を幸福にするのか、不幸へと導くのか」と同じくらい、「権力は人を幸福にするのか、不幸へと導くのか」というのも、実は根源的な問いだと私は思っています。

紫式部は、最高位の権力者になっていく道長の状況と、かえってそれに脅かされる道長の〈光〉と〈闇〉を見ていたんですよね。

山本　ええ。「この世をばわが世とぞ思ふ望月の欠けたることもなしと思へば」と道長は詠む。この歌を私は、娘や息子たちの出世を見届けて「今夜は最高だ」と喜んだ戯れ歌だと考えています。しかし一方でこのとき、道長はすでに病いに罹っていました。栄華を手にしたかと思えば、病いに倒れ、出家もする。手にした権力が大きくなればなるほど、失墜や謀略や裏切りを恐れ、心の不安が増悪していく。そうした道長を、紫式部は肉迫して見ていたと思います。

角田　そうであれば、「権力は人を幸福にするのか、不幸へと導くのか」という問いも、紫式部のなかに強く生まれたことでしょう。愛と幸福をめぐる「女性的」な問いも、権力と幸福をめぐる「男性的」な問いも、『源氏物語』にはしっかり吸収されている。その女性的、男性的、という捉え方も今後変わってくるはずですが、でもどちらの問いも、この先消えることはないと思います。

それは、私たちがずっと考えている問いで、今なお答えが出ていない。だから、「昔はこうだったんだね」というふうに古びることがなく、どの時代にもフィットする読み方が『源氏物語』にはあるんでしょうね。

山本　ええ。自分の研究者としてそう長くない経験からもつくづく思います。

若い頃は、家父長的な読み方に触れても「多分そうなのだろう」と無批判に読んでしまっていましたが、しばらくしてジェンダーやセクシュアリティを考えていく読み方を知ったときには「なるほど、そうかもしれない」と思い直しました。あるいはこれから、また新しい読み方をするかもしれません。『源氏物語』は、柔軟で、変幻自在で、誰にでも寄り添ってくれる物語なんですね。

角田　山本先生とお話しすることで『源氏物語』が私のなかでさらに多層に、さらに広がりました。ありがとうございました。

山本　こちらこそ、ありがとうございました。

（二〇二四年二月二十日）

おわりに

山本淳子

角田光代さんとの対談の企画は、もとをたどれば二〇一九年秋に持ち上がっていた。日本とフランスの文化の懸け橋として活動を続けてきた笹川日仏財団が、二〇二〇年秋から翌二一年の春にかけて設立三十周年記念イベントを開催することとなり、「源氏物語」がそのテーマに掲げられた。その一環として幾つかの講演会が開催される中に、『源氏物語』の現代語訳を完成させた角田さんと紫式部研究者である私の対談が計画されていたのである。開催の予定は二〇二一年の春だった。

だが、これが予定通りにいかなかったことは、もうどなたもお気づきだろう。私が胸躍る思いで企画を承諾してしばらくのち、人類のいまだ知らなかったウィルスが不穏な活動を始め、二〇二〇年の年明けから世界は疫癘《えきれい》の劫火に見舞われた。ヨーロッパの惨状が日々報道され、渡仏はもちろん、日本でも「不要不急」の外出は避けるようにというお達しの出る事態となった。

対談はお流れになってしまうのだろうか。意気消沈しかけた私に、ある日朗報が聞こえてきた。角田さんが「古典の日文化基金賞」を受賞されるという。京都を拠点に、文学や芸能など古典を尊重し継承する活動を続ける古典の日推進委員会が設置した賞で、授賞式も京都で開催される。私は角田さんとは一面識もなかったが、自分事のように嬉しくて「祝　角田光代様　山本淳子」の胡蝶蘭を会場に贈った。すると数日後、角田さんからお礼状が届いたのだ。その手書きの文字と文面は、温かくて謙虚だった。私の中で、角田さんに会いたい、話したいという気持ちが再び火をともした。

だから二〇二三年、京都ブックサミットの催しで開催された角田さんとの対談は、私には数年来の宿望の実現を意味した。角田さんとは前日のレセプションで初めてお会いし、翌日の本番は平安神宮の美しい庭の見える会場で、満員の角田ファン・源氏物語ファンを迎えて行われた。願ってもないことに河出書房新社から書籍化の企画をいただいて、追加の対談も行われ、この『いま読む「源氏物語」』の刊行に至った。

『空中庭園』以来、角田光代作品を読み続けている。だから一読者として、「池澤夏樹＝個人編集　日本文学全集」で角田さんが『源氏物語』の現代語訳を執筆すると聞いた時には、思わず「ああ」とうなずいた。不倫相手の子どもを誘拐した女性の逃避行を描く『八日目の蟬』のように、角田さんの作品には、いきづらさを抱えた女性が多く登場する。長編では、ストーリーが長年に及ぶものが少なくない。登場人物たちは、男女を問わず大方が世から理不尽を強いられている。晴れた日を描いていてもどこか翳っている。人の弱さ、どうしようもなさ、やりきれなさが底流していて、哀しい。そんななかで皆、ささやかな生を抱きしめて生きている。時には滑稽さもある。それがそのまま『源氏物語』の世界と重なると思ったのだ。もう一つ、長くても長さを感じさせないこと、物語が終わっても物語世界は終わらず、登場人物たちが人生を紡ぎ続けている気がするのも、同じである。

千年前の紫式部も、角田さんも、豊かな物語世界を心一つで創り出す。魔術のようだと思う。研究者である私には、それはできない。対談をとおして角田さんの魔術の秘密を少しでも知ることができれば、どんなに楽しいだろう。私が先行研究や自分自身の研究活動から得た小さな知見が、角田さんの魔術に何か新しい粉の一振りを加えることになればと思うと、胸が熱くなった。

対談を読み返して、自分が一生懸命話したあの数時間を懐かしく思い出す。夢のような時間だった。それは幸せという意味でも、無我夢中という意味でも、また現実感がないという意味でもある。いま思いついた。『源氏物語』「若紫」で光源氏が藤壺と逢瀬をもった時には、似た気持ちだったのではなかったか。

なおフランスでの対談も、本書の対談ののち、二〇二四年三月にパリの国立ギメ東洋美術館で実現した。『源氏物語』については、いくら話しても話が尽きない。

京都嵯峨野にて

二〇二四年六月

引用

＊古典作品の本文引用は、次の本に拠ります。なお、便宜のため表記を改めた箇所があります。
『源氏物語』　阿部秋生・秋山虔他校注、訳（新編日本古典文学全集）小学館
『栄花物語』　山中裕・秋山虔著他校注、訳（新編日本古典文学全集）小学館
『紫式部日記　現代語訳付き』　紫式部著・山本淳子訳注　角川ソフィア文庫
『増補史料大成　権記』　増補史料大成刊行会編　臨川書店
『六百番歌合』（新編国歌大観）角川学芸出版
＊角田発言内の『源氏物語』現代語訳は、角田光代訳『源氏物語』（河出文庫／池澤夏樹＝個人編集日本文学全集　河出書房新社）に拠ります。

源氏物語［五十四帖簡単あらすじ］

◆第一部

一帖	桐壺《きりつぼ》	桐壺帝に寵愛された桐壺更衣は光源氏を出産後、死去。光君（光源氏、以下光君）は美しさと才を兼ね備えて成長し、葵の上と結婚。
二帖	帚木《ははきぎ》	男たちの雨夜の〝女たちの品定め〟談議。光君は人妻の空蟬の部屋に忍び込む。
三帖	空蟬《うつせみ》	光君は空蟬に逢おうとするが、寝所にいたのは空蟬の継娘だった。
四帖	夕顔《ゆうがお》	中流の女君、夕顔と出会い、逢瀬を重ねる。しかし夕顔は物の怪によって急死。
五帖	若紫《わかむらさき》	光君は密かに思慕する継母、藤壺の宮によく似た少女、若紫に出会う。藤壺の宮との秘密の逢瀬。若紫を二条院へ引き取る。
六帖	末摘花《すえつむはな》	光君は故常陸宮の忘れ形見の姫君のもとへ通い始めるが、逢ってみると赤い鼻の姫君だった。
七帖	紅葉賀《もみじのが》	華やかな紅葉の賀。紫の姫君が成長していく中、藤壺の宮と光君の不義の子が誕生する。

八帖	花宴《はなのえん》	紫宸殿での賑やかな桜の宴で光君は舞と詩で皆を魅了する。右大臣の姫君、朧月夜との恋。
九帖	葵《あおい》	光君の正妻、葵の上は男児を出産するものの、物の怪（六条御息所の生き霊）に憑りつかれて死去。光君は嘆き悲しむが、喪が明けた後、紫の姫君と結ばれる。
十帖	賢木《さかき》	六条御息所は娘の斎宮とともに伊勢へ。桐壺院の崩御と藤壺の出家。朧月夜との密会が発覚する。
十一帖	花散里《はなちるさと》	故桐壺院の麗景殿女御の邸を訪ね、女御と妹の花散里と昔をしのぶ。
十二帖	須磨《すま》	朱雀帝への不忠の罪に問われ、光君は都から須磨へ退去させられる。
十三帖	明石《あかし》	嵐の夜、光君の夢に故桐壺院があらわれる。その後明石の入道の導きで娘の姫君と結ばれる。光君は帰京する。
十四帖	澪標《みおつくし》	東宮が冷泉帝となり、光君は内大臣に昇進。明石の君の出産と六条御息所の死。
十五帖	蓬生《よもぎう》	侘しく暮らす末摘花のもとへ光君が訪れる。

十六帖	関屋《せきや》	伊予介は空蟬を連れて上洛。光君は空蟬と再会する。
十七帖	絵合《えあわせ》	宮中で賑やかな絵合わせが行われ、弘徽殿女御方と梅壺女御方に分かれて競い合い、梅壺女御が勝利する。
十八帖	松風《まつかぜ》	二条の東院が完成。明石の君が上洛し、大堰邸へ移り住む。
十九帖	薄雲《うすぐも》	明石の姫君が紫の上の元へ。藤壺の女院死去。冷泉帝は自らの出生の秘密を明かされる。
二十帖	朝顔《あさがお》	光君は朝顔斎院へ恋情を訴える。
二十一帖	少女《おとめ》	光君と葵の上の若君、夕霧の元服。夕霧と幼馴染みの雲居雁との初恋。
二十二帖	玉鬘《たまかずら》	右近が初瀬詣でで偶然出会ったのは、夕顔の忘れ形見・玉鬘だった。光君は玉鬘を自分の娘として六条院に引き取る。
二十三帖	初音《はつね》	完成した六条院の初のお正月。光君は六条院、二条院と、女君たちを巡訪する。
二十四帖	胡蝶《こちょう》	春爛漫の春の町で、船楽を催す。玉鬘への恋文が増え、光君も思慕を募らせる。

二十五帖	蛍《ほたる》	光君は蛍火の薄明かりで玉鬘を照らし、蛍兵部卿の玉鬘への恋心を駆り立てる。
二十六帖	常夏《とこなつ》	光君は夕霧や内大臣の子息たちに、内大臣(かつての頭中将)の落胤の娘、近江の君のことを話す。内大臣は雲居雁と夕霧の結婚に意地を張る。
二十七帖	篝火《かがりび》	玉鬘の元で添い寝をする光君。抑えがたい恋情を篝火の煙に託して訴える。
二十八帖	野分《のわき》	激しい野分が六条院を襲う中、偶然にも夕霧は紫の上を垣間見て心をときめかす。
二十九帖	行幸《みゆき》	冷泉帝の行幸。玉鬘は帝の美しさに魅了されて尚侍として出仕する決意をする。光君は内大臣に玉鬘が実の娘だと打ち明け、裳着の儀に腰結役を依頼する。
三十帖	藤袴《ふじばかま》	裳着の儀で世間に真相が知らされる。玉鬘への求婚話が決着となる。
三十一帖	真木柱《まきばしら》	強引に鬚黒と結ばされた玉鬘。怒った鬚黒の北の方は実家へ引き取られる。
三十二帖	梅枝《うめがえ》	明石の姫君の東宮への入内が間近、光君や女君たちは裳着の準備に忙しい。

三十三帖	藤裏葉《ふじのうらば》	内大臣が夕霧に雲居雁との結婚を許す。明石の姫君が入内する。光君、准太上天皇となる。

◆第二部

三十四帖	若菜《わかな》 上《じょう》	朱雀院から光君は女三の宮を降嫁される。明石の女御は東宮の皇子を出産。六条院での蹴鞠の折、柏木は偶然にも女三の宮を垣間見て思いを募らせる。
三十五帖	若菜《わかな》 下《げ》	冷泉帝が退位し、太政大臣は位を退く。朱雀院の五十の祝賀の前に女楽が行われる。紫の上は発病するが、祈禱により蘇生する。柏木が女三の宮と密通し、宮は懐妊。朱雀院の五十の賀が行われ、柏木は病に伏す。
三十六帖	柏木《かしわぎ》	女三の宮は出産後、出家し、柏木は死去。若君(薫)の五十日の祝いが行われる。
三十七帖	横笛《よこぶえ》	夕霧は柏木の妻・女二の宮を訪ううちに宮に惹かれてゆく。一条御息所から贈られた柏木の笛が、夕霧から光君へと渡される。
三十八帖	鈴虫《すずむし》	夏、女三の宮の持仏開眼供養。八月十五夜、光君は女三の宮を訪ね、鈴虫の音を賞美しながら宮の声に唱和し、琴を弾く。蛍兵部卿宮や夕霧とともに管絃の宴となる。
三十九帖	夕霧《ゆうぎり》	一条御息所は病気の加持のために女二の宮とともに小野の山荘へ。二人の元に通う夕霧。御息所死去。夕霧は宮と無理やり結婚し、妻の雲居雁と仲違いする。
四十帖	御法《みのり》	紫の上発願の法華経千部の供養が行われる。その後、紫の上は光君、明石の中宮に見守られて死去。悲嘆にくれる光君。
四十一帖	幻《まぼろし》	紫の上亡きあと、光君の悲しみが癒えることなく、いよいよ出家を決意する。

◆第三部

四十二帖	匂兵部卿《におうひょうぶきょう》(匂宮)	光源氏の死後、匂宮と薫の評判が高いが、薫は出生への疑念から出家に憧れている。
四十三帖	紅梅《こうばい》	柏木の死後、弟・大納言は真木柱と再婚。大納言は先妻腹の姫君・中の君と匂宮との縁組みを願うが、好色な匂宮は真木柱の連れ子・宮の御方に懸想。

源氏物語［五十四帖簡単あらすじ］

四十四帖	竹河《たけかわ》	鬚黒亡きあと、玉鬘は姫君たちの将来を考え、大君は冷泉院へ嫁がせる。大君は冷泉院に寵愛を受けるが、やがて弘徽殿女御に嫉妬される。
四十五帖	橋姫《はしひめ》	源氏の異母弟、八の宮は宇治で二人の姫君とともに暮らし、仏道修行に励んでいる。薫は八の宮のもとに通い続ける中、姫君たちを垣間見て、その美しさに心惹かれる。
四十六帖	椎本《しいがもと》	八の宮は薫に姫君たちの将来を託し、阿闍梨の山寺に籠り、死去。悲嘆にくれる姫君たち。薫は姉の大君を思慕する。
四十七帖	総角《あげまき》	薫は大君に恋慕を訴えるが、大君は薫と中の君との結婚を望む。薫は匂宮を宇治に導き、匂宮を中の君と結ばせる。大君は心労で病に臥し、死去。
四十八帖	早蕨《さわらび》	大君の死を嘆く薫。匂宮は中の君を京の二条院に迎える。
四十九帖	宿木《やどりぎ》	匂宮と夕霧の六の君の結婚が近づき、中の君は後悔する。同情する薫は、中の君に恋慕する。中の君は出産し、薫は女二の宮と結婚。薫は宇治で浮舟を見て大君とうり二つなことに驚く。
五十帖	東屋《あずまや》	浮舟は異母姉の中の君のもとに預けられる。匂宮に言い寄られ、浮舟は三条の小家に逃れる。宇治を訪ねた薫は弁の尼から浮舟の隠れ家を聞き、訪ねて浮舟を宇治邸に囲う。
五十一帖	浮舟《うきふね》	匂宮は宇治へ行き、薫と偽って浮舟に近寄り契りを交わす。浮舟は匂宮の情熱に心惹かれる。二人の関係が薫に知られ、浮舟は入水を決意する。
五十二帖	蜻蛉《かげろう》	浮舟の亡骸がないまま葬儀が行われる。匂宮は悲嘆のあまり病に臥す。女一の宮を垣間見た薫は美貌に魅せられ、憧れの女性であったことを知る。
五十三帖	手習《てならい》	宇治で倒れていた浮舟は横川の僧都の母尼と僧都の妹尼たちに助けられる。浮舟は横川の僧都に懇願し出家する。薫は中宮から浮舟のことを伝え聞く。
五十四帖	夢浮橋《ゆめのうきはし》	横川の僧都から浮舟のことを聞いた薫は、浮舟の弟を浮舟のもとへ行かせるが、浮舟は人違いだと対面を拒む。

本書は二〇二三年十一月九日KYOTO BOOK SUMMIT*「『源氏物語』が今、語りかけてくるもの」（第一章）と、二〇二四年二月十九日、二月二十日に本書のために行われた対談をもとに構成しました。

構成＝五所純子

＊出版業界による読書推進の取り組み、BOOK MEETS NEXTの関連事業。

河出新書 074

いま読《よ》む『源《げん》氏《じ》物《もの》語《がたり》』

二〇二四年八月二〇日　初版印刷
二〇二四年八月三〇日　初版発行

著者　角《かく》田《た》光《みつ》代《よ》・山《やま》本《もと》淳《じゅん》子《こ》
発行者　小野寺優
発行所　株式会社河出書房新社
〒一六二-八五四四　東京都新宿区東五軒町二-一三
電話　〇三-三四〇四-一二〇一［営業］／〇三-三四〇四-八六一一［編集］
https://www.kawade.co.jp/
マーク　tupera tupera
装幀　木庭貴信（オクターヴ）
印刷・製本　中央精版印刷株式会社

Printed in Japan　ISBN978-4-309-63177-6

そして、
みんなバカになった

橋本 治
Hashimoto Osamu

21世紀、バカの最終局面に入った日本へ。
橋本治が2000年代に残した
貴重なインタビューから、
本当の教養とは何かを学ぶ！
高橋源一郎さんによる、
書き下ろしエッセイを収録！

ISBN978-4-309-63119-6

河出新書
018

歴史という教養

片山杜秀

Katayama Morihide

正解が見えない時代、
この国を滅ぼさないための
ほんとうの教養とは——?
ビジネスパーソンも、大学生も必読!
博覧強記の思想史家が説く、
これからの「温故知新」のすすめ。

ISBN978-4-309-63103-5

河出新書
003

一億三千万人のための『論語』教室

高橋源一郎
Takahashi Genichiro

『論語』はこんなに新しくて面白い！
タカハシさんによる省略なしの
完全訳が誕生。
社会の疑問から、人間関係の悩み、
「学ぶこと」の意味から「善と悪」まで。
あらゆる「問い」に孔子センセイが答えます！

ISBN978-4-309-63112-7

河出新書
012

古事記ワールド案内図

池澤夏樹
Ikezawa Natsuki

話題となった斬新な現代語訳
『古事記』と小説『ワカタケル』で
同時代を描いた池澤夏樹による
難解と思われがちな古事記へ楽しく誘う、
最強の古事記ガイドブック!

ISBN978-4-309-63164-6

河出新書
060